MW01714273

les deux cousines

Barbara Cartland est une romancière anglaise dont la réputation n'est plus à faire.

Près de trois cents romans variés et passionnants mêlent aventures et amours.

Les Éditions J'ai Lu *en ont déjà publié plus de cinquante que vous retrouverez dans le catalogue gratuit disponible chez tous les libraires.*

Désormais les Éditions J'ai Lu *publient également*
Les romans préférés de Barbara Cartland,
un choix des livres qui ont enchanté sa jeunesse.

BARBARA CARTLAND

les deux cousines

traduit de l'anglais par Marie-Thérèse Boinais

Éditions J'ai Lu

Ce roman a paru sous le titre original :

THE TEMPTATION OF TORILLA

NOTE DE L'AUTEUR

Il a fallu attendre 1842 – année de la publication, en Angleterre, de la première enquête officielle – pour que l'attention du public soit attirée sur la triste condition des enfants employés dans les mines. C'est de ce rapport que s'inspirent les descriptions des conditions de travail dans les mines de charbon que le lecteur trouvera dans les pages qui suivent.

Les mesures de sécurité furent longues à être adoptées : citons comme exemples les pompes à air inventées par John Buddle en 1807, la lampe Davy en 1816, et le procédé de ventilation John Martin qui ne sera pas généralisé avant 1835.

Mais les Anglais de l'époque victorienne se souciaient peu des risques d'explosion : ils se préoccupaient beaucoup, en revanche, du danger qu'il y avait à faire travailler côte à côte les garçons et les filles. C'est pourquoi les futures mères de famille anglaises, qui avaient le malheur de travailler dans les mines, devaient le faire en rampant toute la journée, parce qu'on les entravait avec des chaînes passées autour de la taille et des jambes et qui les empêchaient de faire le moindre pas. A l'âge de trente ans, ces femmes n'étaient plus que des ruines, infirmes et vieillies prématurément. Et le plus souvent, ce travail abominable en faisait des êtres débauchés et d'une cruauté monstrueuse.

Aussi quand, à la suite de ce rapport d'enquête, lord Askley fit adopter une loi interdisant d'employer femmes, jeunes filles et garçons de moins de treize ans au fond des mines, fut-il acclamé comme un héros.

1

1816

La marquise douairière de Havingham prit un verre de madère et s'exclama :

– Tant pis! Je suis trop heureuse de fêter votre arrivée, mon chéri! Les médecins m'ont défendu de prendre de l'alcool, mais je fais une exception aujourd'hui.

– Le traitement vous a-t-il fait du bien au moins, maman? demanda aussitôt le marquis.

Son ton anxieux n'échappa pas à sa mère.

Elle était si habituée aux voix blasées et paresseuses des dandies qui évoluaient dans l'entourage du prince régent! Elle détestait leur manière de traîner sur les mots et de regarder en fermant à demi les yeux, comme si leurs paupières étaient trop lourdes. Mais c'était une femme bien trop avisée pour en faire la remarque ou le laisser voir.

– Cette eau est vraiment désagréable à boire, mais je crois que la cure m'a fait du bien. Cependant Harrogate est un endroit sinistre et j'ai vraiment hâte de rentrer chez moi!

– Je vous apporte une bonne nouvelle qui sera un excellent prétexte pour partir d'ici, maman! déclara le marquis.

Sa mère le fixa avec un regard inquisiteur. Mais lui se leva et vint s'adosser à la cheminée.

La marquise douairière avait loué pour son séjour à Harrogate une suite dans l'hôtel le meilleur et le plus cher de la ville. L'appartement était fort agréable, mais la marquise avait apporté quelques modifications dans l'ameublement assez sévère du salon.

Sur un guéridon, elle avait installé un grand portrait à l'huile et plusieurs miniatures du marquis. Et, un peu partout, des bouquets de fleurs rares créaient l'atmosphère indispensable à la marquise.

Des coussins moelleux ornaient les grands fauteuils tapissés de damas; et surtout, il y avait là les deux petits épagneuls King Charles de sa mère qui lui avaient fait fête à son arrivée.

– Mais vous êtes très confortablement installée! s'exclama-t-il, comme quelqu'un qui s'avise pour la première fois qu'un hôtel peut offrir quelque agrément.

– Tout à fait, oui! répondit brièvement la marquise qui, pleine d'admiration, ne détachait son regard de son fils. (Elle ajouta aussitôt :) Allons, Gallen, dites-moi bien vite ce que vous êtes venu m'annoncer. Car je suis convaincue que vous n'avez pas fait ce long et pénible voyage simplement pour vous assurer que je suis confortablement installée!

Elle n'avait pas quitté son fils des yeux depuis son arrivée et elle le couvait d'un regard admiratif, songeant qu'il était bien le seul homme à garder une apparence aussi virile, malgré son élégance et sa beauté!

Les vêtements admirablement coupés du marquis épousaient ses hanches minces et mettaient en valeur ses épaules larges et sa silhouette athlétique qui faisaient, d'ailleurs, le désespoir de son tailleur.

A l'époque, pour être élégant, il ne fallait pas faire saillir une musculature trop développée sous les minces étoffes des vestes. Or, le marquis était renommé pour ses qualités extraordinaires de pugiliste. Il fréquentait assidûment la salle du Club de Gentlemen Jackson à Londres, et avait une telle réputation de fine lame que personne n'osait se mesurer à lui.

Il était le sportif le plus en vue et tous les jeunes *Bucks and Blades* (1) enviaient son talent de cavalier et cherchaient à copier ses nœuds de cravate.

En société, ou dans le grand monde, le marquis se faisait passer pour cynique, blasé, arrogant et autoritaire. Mais sa mère qui connaissait sa vraie nature savait qu'il était, surtout envers elle, très bon et même, en certaines occasions, d'une étonnante tendresse.

Elle savait qu'il disait la vérité quand il répondit :

– Mais, maman, si je savais que vous souhaitiez

(1) Surnoms donnés au temps de la Régence, en Angleterre, aux jeunes dandies qui faisaient assaut d'élégance et menaient joyeuse vie : nous dirions aujourd'hui « les locomotives ».

m'avoir auprès de vous, je m'installerais à Harrogate, ou ailleurs!

Elle lui sourit avec tendresse :

– Vous savez bien que je ne vous demanderais jamais une chose pareille! Mais, voyons, dites-moi vite ce qui vous a amené ici!

Après un instant de silence, le marquis prit sa voix la plus affectée pour dire :

– J'ai décidé de me marier!

La marquise sursauta et ne put retenir un cri de stupeur :

– Gallen!

Elle posa précipitamment son verre de cristal, de peur de le renverser. Puis elle joignit les mains et se mit à scruter le visage de son fils :

– Est-ce vrai? Avez-vous enfin rencontré, après tant d'années, la femme dont vous souhaitez faire votre épouse?

Il éluda cette question trop directe :

– Il faut que j'aie un fils, vous le savez bien, maman : voilà pourquoi j'ai décidé de me marier. Il me fallait aussi une femme intelligente qui ne m'ennuie ni ne me gêne.

– Qui avez-vous choisi?

– J'ai demandé la main de lady Beryl Fern. Mais j'ai prié le comte et sa fille de n'en rien dire à personne avant notre rencontre, car je ne voulais tout de même pas que vous en soyez avertie par la lecture de *La Gazette!*

– Lady Beryl Fern... J'en ai entendu parler... Oui... murmura la douairière d'un ton songeur.

Le marquis se mit en devoir d'expliquer à sa mère :

– C'est certainement la femme la plus jolie de

toute l'Angleterre. Elle est la reine partout depuis le jour de sa présentation. Le prince, bientôt suivi par les experts des clubs de St. James Street, l'a tout de suite surnommée « l'Incomparable »!

En remarquant le ton moqueur dont le marquis avait prononcé ces dernières paroles, sa mère lui jeta un regard perçant et sagace :

– Dites-moi plutôt comment elle est, Gallen.

Le marquis se tut un moment, puis il répondit :

– Elle aime s'amuser, comme moi. Pleine de vie et d'entrain, elle est l'âme de toutes les fêtes et fera certainement la gloire des salons à Havingham House comme au château. Et elle saura admirablement apprécier et mettre à l'honneur les bijoux de la famille que vous avez si peu portés, ce vrai trésor d'Aladin, croyez-moi, maman.

– Mais ce n'est pas du tout ce que je vous demande, mon fils chéri! protesta la marquise, à mi-voix.

De sa démarche nonchalante, avec cette élégance souple qui n'appartenait qu'à lui, le marquis s'éloigna de la cheminée en direction de la fenêtre. Tournant le dos à cette mère trop perspicace, il s'absorba dans la contemplation des arbres qui commençaient seulement à bourgeonner dans cette région septentrionale du pays. Il attendit un long moment avant de demander :

– Mais que voulez-vous savoir au juste, maman?

– Vous savez parfaitement bien ce que je veux savoir : êtes-vous épris l'un de l'autre?

La question de la marquise fut suivie d'un long silence. Son fils se décida enfin à expliquer :

– J'ai trente-trois ans, maman. J'ai largement dépassé l'âge des amours bouleversantes. Je ne me laisse plus emporter par les impulsions de mon cœur, voyons!

La marquise soupira :

– Alors, vous vous mariez uniquement pour avoir un héritier!

Elle avait parlé d'une voix imperceptible, mais il entendit parfaitement. Et c'est avec un ton de défi qu'il répliqua :

– Je ne conçois pas de meilleur motif pour décider de prendre épouse!

– Mais j'aurais tant aimé vous savoir amoureux!

– Comme je vous l'ai déjà dit, je suis beaucoup trop vieux pour ce genre de balivernes, maman!

– Vous dites une sottise, Gallen! Nous avons été divinement heureux ensemble toute notre vie, votre père et moi. J'ai beaucoup prié pour que vous connaissiez le même bonheur que nous, ce bonheur que nous nous sommes donné mutuellement jusqu'au jour où la mort me l'a ravi...

– Mais il n'existe plus de femmes comme vous, de nos jours, maman, répliqua-t-il avec vivacité.

La marquise soupira profondément :

– Je me souviens toujours de ce que votre père m'a dit : il prétendait qu'à notre première rencontre, à la garden-party du chef de la police, il m'avait reconnue entre toutes à une sorte de halo de lumière qui m'entourait.

– Papa m'a souvent raconté cela, c'est vrai.

– Moi, je ne l'avais pas remarqué avant qu'il me soit présenté; mais quand il a pris ma main, j'ai eu l'impression qu'il se passait quelque chose d'étrange, poursuivit la marquise d'une voix doucement émue à l'évocation de ce passé lointain.

Puis elle ajouta d'une voix vibrante :

– J'ai eu tout de suite le coup de foudre! J'ai reconnu en lui celui dont je rêvais, celui que je cherchais, que j'attendais. Je savais que le destin me le réservait!

– Vous avez eu beaucoup de chance, maman!

Elle riposta vivement :

– Non! ce n'était pas de la chance : c'était la destinée! Les parents de votre père avaient arrangé pour lui une union fastueuse avec la fille du duc de Newcastle; mais nous savions, tous les deux, que la seule chose qui nous importait était de vivre ensemble!

Le jeune marquis eut un petit mouvement d'impatience. Il connaissait l'histoire de ses parents. Sa mère lui avait souvent raconté leurs fiançailles et il était toujours bouleversé lorsqu'elle lui parlait de son père.

Il savait combien ces deux êtres s'étaient aimés passionnément, profondément, et, en songeant à son enfance, il lui semblait que l'éclat de leur bonheur s'était répandu tout autour d'eux.

N'avoir qu'un seul et unique enfant avait été leur seul chagrin : il le savait. Et, comme il aimait infiniment sa mère, depuis la mort de son père il avait toujours fait tout ce qu'il pouvait pour l'entourer et la protéger.

Sa mère n'avait nul besoin de lui expliquer ce que pouvait signifier un grand amour réciproque pour deux êtres, car il avait vu de ses propres yeux ses parents vivre un tel amour. Cependant, il était obstinément persuadé, au fond de lui-même, que semblable chose ne lui arriverait jamais.

Aussi dit-il tout haut :

– Les temps ont changé, maman! L'amour n'est

plus à la mode; sauf évidemment en ce qui concerne le prince régent!

– L'amour! On ne saurait parler d'amour quand il est question des sentiments de Son Altesse! s'indigna la marquise douairière, qui enchaîna d'un ton méprisant :

– Vous avez bien vu la façon abominable dont il s'est conduit envers la pauvre Mrs Fitzherbert; d'autant plus que je reste convaincue qu'ils étaient mariés secrètement! Et pour qui? Pour cette coquette stupide de lady Hereford : je ne puis la souffrir!

Le marquis riait :

– Son Altesse nous donne l'exemple, maman! Vous ne pouviez donc pas vous attendre, en toute logique, à ce que je trouve un amour chaste et pur sous les plafonds de Carlton House!

– Alors vous avez décidé, de sang-froid, d'épouser lady Beryl! conclut-elle avec tristesse.

Le marquis tenta de se défendre :

– Mais nous nous entendrons à merveille! Nous avons les mêmes habitudes, les mêmes amis et nous parlons tout à fait le même langage! Et si, après les premiers temps de notre mariage, nous avons envie de vivre chacun à notre guise, nous saurons le faire très correctement, très prudemment, en évitant tout scandale. Et je sais que toutes les dissensions que nous pourrons avoir se régleront toujours sans heurts, avec compréhension et amitié.

La marquise ne répondit pas et laissa le silence s'installer entre eux. Mais il était facile de lire dans ses yeux qu'elle était extrêmement malheureuse en entendant son fils exposer des projets si peu conformes à son idéal de vie. Il le voyait bien, aussi traversa-t-il vivement la pièce pour s'approcher d'elle. Il lui prit la main avec douceur et la garda dans la sienne, tandis qu'il la rassurait :

– Il ne faut pas vous faire de souci pour moi, maman! C'est exactement ce que j'ai toujours souhaité. Et il n'y a pas de raison pour que Beryl ne vous donne pas une bonne demi-douzaine de petits-enfants robustes qui vous combleront de bonheur, je le sais d'avance!

Elle avait abandonné sa main aux jointures gonflées par l'arthrite et sillonnée de veines bleues dans la main chaude de son fils et elle ne la retira pas. Elle soupira avec mélancolie :

– Nous avons toujours voulu pour vous ce qu'il y avait de meilleur, Gallen, votre père et moi... Et vous êtes assez honnête avec vous-même, je pense, pour reconnaître que, dans le cas présent, vous vous contentez d'un pis-aller!

– Parce que vous persistez à juger de mes affaires d'après votre propre vie, maman! objecta-t-il. Je vous affirme que je suis entièrement satisfait. Pourquoi vouloir autre chose, puisque je suis content?

– Mais moi, je veux autre chose pour vous! rétorqua-t-elle en refermant ses doigts sur la main de son fils, avant de reprendre, d'un ton inquiet : Peut-être pensez-vous toujours à... à cette mauvaise fille qui s'est conduite si bassement avec vous, Gallen?

Elle avait hésité à prononcer ces paroles, par peur de le blesser. Mais le marquis dissipa aussitôt ses craintes en éclatant d'un rire sincère :

– Oh! non, pas du tout, maman! Je suis incapable de rester longtemps affecté par des malheurs sentimentaux : je ne suis pas un niais! J'étais tout jeunot à cette époque et c'était ma première histoire d'amour : il était normal que je fasse beaucoup d'embarras sur le coup. Mais c'est tellement loin!

Il avait laissé retomber la main de sa mère et s'approcha de la cheminée. Il se mit à considérer les flammes qui dévoraient les bûches et montaient haut dans l'âtre. Aussi ne vit-il l'expression du visage de sa mère : elle ne le croyait pas et ses yeux s'étaient emplis de larmes.

Comme le marquis venait de le dire, c'était une très vieille histoire. A vingt et un ans, il était tombé follement amoureux d'une jeune fille d'une grande beauté, mais superficielle et sans âme. Elle était absolument incapable de comprendre la profondeur de l'amour et la noblesse des sentiments de Gallen qui, lui, l'avait adorée.

La marquise savait que son fils avait déposé son âme et son cœur aux pieds de la jeune fille; mais celle-ci les avait piétinés sans scrupule pour épouser un duc qu'elle lui avait préféré pour son titre et sa fortune. La marquise ne pouvait oublier le visage de son fils quand il avait appris cette nouvelle. Longtemps, il fut incapable de parler de ce qui lui était arrivé. Il souhaitait seulement se cacher pour que personne ne pût s'apercevoir combien il avait été durement frappé.

En y repensant, elle se dit que le jeune marquis avait changé de caractère à dater de ce jour : il avait cessé d'être un jeune homme gai et spontané, toujours prêt à prendre la vie du bon côté, pour devenir, les années aidant, un homme cynique et blasé.

Il n'avait retrouvé son enthousiasme qu'à son départ pour la guerre avec son régiment. Et elle s'en était réjouie, en dépit de l'angoisse qu'elle éprouvait, comme toute mère, à l'idée qu'il pouvait être tué, blessé ou fait prisonnier par les soldats de Napoléon.

Néanmoins, ce fut pour elle un grand soulagement, lorsque Gallen décida de quitter l'armée à la mort de son père et de revenir en Angleterre s'occuper de ses terres et de ses biens, ainsi que pour veiller de plus près sur sa mère.

Mais elle se rendait parfaitement compte depuis longtemps que le jeune garçon de naguère, plein d'idéalisme et d'enthousiasme pour la vie, était mort pour toujours.

Son fils avait connu nombre de femmes. La marquise en avait rencontré certaines, mais beaucoup d'entre elles n'appartenaient pas à son milieu.

Elle comprenait néanmoins qu'il s'agissait de passades sans importance. Et son fils restait insensible même s'il lui arrivait de faire battre les cœurs de certaines femmes et de les briser. Elle avait, de ce fait, voué une haine profonde à la jeune fille qui s'était moquée de l'amour de Gallen.

Maintenant, elle comprenait qu'elle la haïssait plus encore que jamais, en constatant que, par sa faute, son fils bien-aimé faisait un mariage de raison et avait renoncé à un mariage d'amour.

Cependant la marquise savait qu'il était parfaitement inutile et même déraisonnable de le dire à voix haute. Aussi se contenta-t-elle de demander d'un ton détaché :

– Eh bien, quand avez-vous l'intention de célébrer votre mariage, mon chéri?

– Avant la fin de la saison des mondanités. Car le prince régent tiendra certainement à ce que la réception ait lieu chez lui, à Carlton House : le nombre des invités prévus ne pourrait jamais tenir dans l'hôtel particulier que possède le comte de Fernleigh à Londres, dans Curzon Street.

Sa mère fit un effort sur elle-même pour demander :

– Parlez-moi un peu de ce comte. J'ai le vague souvenir d'un homme d'assez belle apparence, qui mettait naturellement tous ses espoirs dans la grande beauté de sa fille.

Le marquis fit une réponse prudente :

– Il est très sympathique. Il préfère la vie à la campagne aux mondanités de Londres, tandis que sa femme, qui les adore, passe son temps en réceptions, en soirées et en bals. Elle avait résolu de faire de sa fille une reine dont tout le monde vanterait les talents, et je crois qu'elle y a parfaitement réussi !

En prononçant ces derniers mots, il eut une moue de mépris.

La douairière se souvenait, en effet, de la comtesse de Fernleigh comme d'une femme avec laquelle elle n'avait pas d'affinité; aussi ne fit-elle aucun commentaire, se bornant à dire :

– J'irai rendre visite à la comtesse dès mon retour. Mais j'avais l'intention de rentrer à la maison et non d'aller m'installer à Londres.

La demeure de la marquise douairière était un endroit infiniment agréable dans le Huntingdonshire, sur les terres du marquis. Et son fils savait que, depuis qu'elle avait de l'arthrite, elle se plaisait mieux là, à la campagne avec son jardin et ses chiens, qu'en ville à Londres. Aussi lui déclara-t-il :

– Mais il n'est pas nécessaire que vous veniez à Londres avant la date du mariage, maman! Dès que vous serez de retour, j'inviterai Beryl avec ses parents au château pour que vous puissiez les rencontrer! Vous aurez tout le loisir de faire la connaissance de Beryl avant notre mariage, quoique j'aie tout lieu de penser qu'elle va être très absorbée par les achats et la préparation de son trousseau, ajouta-t-il en souriant.

– Et vous, mon fils? demanda-t-elle tendrement?

– Le prince aime que je sois présent à la cour assidûment, c'est toujours la même chose, maman! Je suis pris dans l'engrenage : il m'a fait promettre de l'accompagner aux courses et partout ailleurs où l'on s'amuse dans la journée. Mais il m'a fait grâce, en partie, des grandes réceptions où il y a foule et auxquelles il se rend chaque soir!

– Que faites-vous donc le soir? demanda la marquise à qui il répondit, avec un regard étincelant :

– Mais vous me posez là une question très indiscrète, ma chère maman!

La douairière émit un petit rire moqueur :

– Oh! je ne vous demandais pas du tout ce que vous avez pu faire jusqu'à maintenant, Gallen! Votre réputation de don Juan est trop bien établie pour que je l'ignore! Non, je voulais savoir comment vous alliez désormais occuper vos soirées, maintenant que vous êtes fiancé! Car lady Beryl doit n'avoir qu'un désir : sortir avec vous et précisément dans tous ces endroits que vous trouvez exécrables, surchauffés et bondés!

Le marquis prit un ton allègre :

– Que voulez-vous, maman? Ce sont les corvées

que doivent s'imposer les fiancés!... Mais j'éprouve encore moins d'attrait pour le parquet ciré des salles de bal que pour le tapis des tables de jeu, et Beryl comme le prince auront beau faire et beau dire, ils ne me feront pas passer des nuits blanches dans les salons de Londres!

La marquise souriait en regardant son fils :

– Je devine que vous avez encore de nouveaux chevaux qui vous accaparent et que vous avez envie de monter de bonne heure tous les matins!

– Une douzaine de pur-sang magnifiques, maman! J'ai hâte de vous les faire admirer!

– Et moi aussi, j'ai grande envie de les voir!

Pour les amateurs de beaux chevaux, le retour de la paix avec la France était une chose particulièrement appréciable, dans la mesure où elle leur permettait, à nouveau, d'acquérir des montures de valeur. Ainsi le marquis avait envoyé chercher en Syrie quelques juments arabes qui lui avaient été amenées le mois précédent.

Mais sa mère n'avait pas été sans remarquer que, lorsqu'il parlait de ses chevaux, sa voix vibrait de tendresse et d'enthousiasme, ce qui n'était pas le cas quand il parlait de sa future épouse!

Lors de son séjour à Harrogate en février, on avait amené des chevaux hongrois qui avaient déchaîné l'enthousiasme de Gallen. Et elle avait cru retrouver le petit garçon qui l'entraînait par la main en courant joyeusement vers les écuries, bien des années auparavant, chaque fois qu'il avait reçu un nouveau poney.

– Lady Beryl est-elle bonne cavalière? demanda-t-elle en suivant le cours de sa pensée.

– Elle a très belle allure quand elle monte. Et elle

sera très certainement capable de me suivre à la chasse. Cela me fait penser qu'il faut que je fasse remettre en état le pavillon de chasse de Leceistershire!

Le marquis sourit d'un air ironique pour expliquer à sa mère :

– Les réunions de célibataires que j'y ai organisées n'ont évidemment pas contribué à améliorer l'état du mobilier; et je suis persuadé que toutes les femmes le trouveraient terriblement masculin!

– Nous avons pourtant passé là de bien heureux moments avec votre père! dit la marquise avec un regard plein de nostalgie.

– Là comme partout, bien sûr, maman! Mais, je vous en prie, il faut cesser de toujours comparer le couple que nous allons former, Beryl et moi, avec celui que vous formiez avec papa! s'écria le marquis en s'approchant de sa mère. (Il lui saisit de nouveau les mains et ajouta avec tendresse :) Il faut bien vous convaincre que jamais il n'y aura sur terre une autre femme belle et bonne comme vous! Je ne devrais pas même avoir besoin de vous le dire! Alors, voyez-vous, il m'a bien fallu en accepter une de second choix!

– Mais tout ce que je voudrais, moi, c'est votre bonheur, mon enfant chéri! murmura sa mère attendrie.

– Mais ne vous ai-je pas dit que j'étais parfaitement satisfait, maman? rétorqua le marquis, de sa voix la plus persuasive.

Cependant, sa mère discerna comme une note de cynisme dans sa voix..

Le village de Barrowfields se trouvait à quelques

kilomètres seulement de l'élégante station thermale de Harrogate, avec son établissement de bains, ses hôtels de luxe et ses touristes aristocratiques. Et cependant, si extraordinaire que cela puisse paraître, Barrowfields était dans le Yorkshire!

C'était un humble village proche de la ville de Leeds, formé de maisons sordides, qu'un voile de poussière de charbon enveloppait en permanence.

Sur une petite colline, un peu en dehors du village, s'élevait une affreuse église de pierres grises, flanquée d'un presbytère tout aussi sinistre.

Ce matin-là, dans la cuisine de ce presbytère, une vieille domestique aux cheveux gris, stricte comme une bonne d'enfants, avait entrepris d'enseigner à une petite servante au regard borné et vague l'art de faire rôtir un gigot et la houspillait devant le four d'une cuisinière délabrée.

– Enfin, Hélène! faites un effort : essayez de comprendre ce que je vous explique! Je vous ai déjà dit six fois au moins d'arroser sans vous arrêter la viande avec le jus! Mais on dirait que vous ne m'avez pas encore comprise! criait-elle.

La jeune fille répondit avec un très fort accent paysan :

– J' faisions ben c' que vous m'avez dit!

– C'est une question de point de vue! répliqua sèchement la femme âgée.

Mais, à cet instant, son attention fut détournée : la porte de la cuisine s'ouvrit brusquement et une voix fraîche cria gaiement :

– Abby! Abby!

Abigail – c'était là le nom véritable de la servante – se retourna aussitôt vers la nouvelle venue.

Elle était d'une beauté très attrayante et, avec ses

cheveux blonds et ses yeux bleus, avait ce qu'il est convenu d'appeler le type anglais. Ses yeux immenses semblaient presque trop grands pour son étroit visage ovale. Ils étaient d'un bleu foncé, comparable aux eaux des mers du Sud plus qu'à la couleur pâle d'un ciel de printemps.

Quand on l'examinait attentivement, on remarquait la grande douceur de sa bouche aux lèvres pleines qui semblait ne cesser de sourire. La jeune fille faisait penser à un rayon de soleil glissant à travers le feuillage.

– Qu'y a-t-il, miss Torilla? s'enquit Abigail.

– Une lettre! Abby! Une lettre de lady Beryl... Figure-toi qu'elle est fiancée! C'est incroyable!

– Enfin! Ce n'est pas trop tôt! s'exclama Abby avec la familiarité d'une vieille servante. (Puis elle poursuivit :) Lady Beryl doit bien avoir ses vingt et un ans maintenant! J'aurais cru qu'elle se serait mariée beaucoup plus tôt, avec le succès qu'elle a partout!

– Bon! Bon! Enfin ça y est : elle est fiancée! Et elle me prie d'aller la rejoindre... Qu'en dis-tu, Abby?

Elle regardait sa lettre et se mit à lire pour la servante :

Il faut que vous soyez ma demoiselle d'honneur, Torilla!

Je ne veux pas en avoir plus d'une, afin de ne pas disparaître dans le nombre...

Torilla éclata de rire à ces mots :

– Comme si Beryl pouvait avoir à redouter les comparaisons! s'écria-t-elle. (Mais, comme Abby n'avait rien répondu, elle reprit sa lecture :) *Il faut venir tout de suite chez nous, dès réception de cette lettre. Ne perdez pas de temps! Je veux que vous m'aidiez pour une multitude de choses : mon trousseau, mes robes, l'organisation de la cérémonie et de la réception pour mon mariage, et naturellement pour toutes les réceptions qui vont être données pour présenter mon fiancé à tout le monde...*

Abby demanda avec curiosité :

– Et avec qui lady Beryl se marie-t-elle?

Torilla examina la lettre en tous sens, elle en tourna toutes les pages et finalement secoua la tête :

– Eh bien, elle ne me le dit pas... Abby, c'est incroyable : elle l'a oublié! dit la jeune fille en éclatant de rire. C'est bien elle! N'est-ce pas? Elle oublie toujours le plus important! Il est à prévoir que j'aurai pas mal de travail sur les bras avec elle; enfin... c'est-à-dire : si papa me permet d'y aller...

Sa voix trembla à ces derniers mots, et son regard devint anxieux.

Mais Abby lui répondit avec fermeté :

– Oh! mais si, vous devez y aller, miss Torilla : il le faut! Mais je me demande ce que vous allez mettre!

– Il n'y a pas besoin de nous tourmenter à ce sujet! Les vêtements de Beryl me vont et elle a toujours eu la gentillesse de me prêter toutes ses affaires, même ses costumes de cheval.

Une grande expression de mélancolie avait brusquement envahi son visage. Puis elle se décida à dire :

– Oh! pensez-vous, Abby, que l'on va me permettre encore de monter les chevaux d'oncle Hector? Cela me ferait tellement plaisir de me retrouver sur une selle et sur un bel animal!

– Je suis bien certaine que votre oncle sera trop heureux de vous donner une monture comme il le faisait quand vous étiez petite fille, répondit sans hésiter la servante.

Torilla soupira :

– Je crois que rien ne m'a manqué autant que les chevaux depuis que nous sommes ici.

– Il y a pas mal de choses qui vous manquent, miss Torilla! Et, si vous vouliez le reconnaître honnêtement, il y a pas mal d'autres choses que vous regrettez aussi!

Tout en parlant, Abby retira le tablier de toile bise qu'elle avait mis pour faire la cuisine, pour protéger le tablier blanc immaculé qu'elle portait sur sa robe grise.

– Je vais tout de suite préparer vos bagages, déclara-t-elle vigoureusement.

Mais Torilla se récria :

– Non! Non! Abby! Il faut que je demande la permission à papa auparavant! Il ne voudra peut-être pas que je retourne là-bas..., chez nous.

Elle avait dit ce mot avec hésitation, comme si elle n'osait pas le prononcer; puis, gênée, elle ajouta, comme pour se justifier :

– Je continue toujours à penser que Fernford c'est chez nous, comme ce le fut pendant dix-sept ans jusqu'à la mort de maman...

Mais Abby prit un ton farouche pour dire avec conviction :

– Mais vous avez raison, miss Torilla : c'est chez vous! Vous êtes de Fernford! Et nous n'aurions jamais dû venir habiter cet endroit sale et misérable! Voilà la vérité!

Torilla sourit, car elle avait entendu la brave

Abby lui répéter tant et tant de fois la même chose! Et elle se contenta de lui répondre d'une voix douce :

– Vous savez bien tout ce que cela représente pour papa d'être ici...

Au moment où elle disait cela, elle entendit le bruit de la porte d'entrée qui s'ouvrait et se refermait.

Sans même terminer sa phrase, elle se précipita hors de la cuisine en criant à la cantonade :

– Le voici! Servez-nous vite le déjeuner, Abby! Sinon, vous savez comme moi ce qui se passera : il repartira sans avoir rien mangé. Moi, je file pour lui parler tout de suite de la lettre de Beryl.

Avant même d'avoir achevé sa phrase, elle sortit de la cuisine et se précipita dans le long corridor obscur, qui débouchait dans un vestibule aux dimensions prétentieuses.

Le révérend Auguste Clifford, pasteur de Barrowfields, se tenait dans l'encadrement de la porte d'entrée. C'était un très bel homme qui paraissait cependant plus que son âge.

Ses cheveux étaient gris, et son visage maigre profondément ridé : il donnait l'impression d'un homme qui en faisait plus qu'il ne pouvait en faire. Il avait une expression soucieuse et triste. Mais quand, ayant enlevé et posé sur une chaise son chapeau, il aperçut Torilla, il lui sourit immédiatement.

– Vous voyez, Torilla : je suis de retour! Et je suis bien à l'heure, comme vous me l'aviez recommandé!

– C'est bien de votre part, papa! Et le déjeuner est prêt. Je ne vous aurais pas pardonné si vous aviez fait attendre le magnifique gigot que le fermier Shipton nous a donné! répondit gaiement la jeune fille.

– Bien sûr, bien sûr! Je ne l'ai pas oublié, ce gigot! Je pensais même que, en raison de sa taille, nous pourrions le partager av...

– Non, papa! coupa Torilla avec fermeté. Il n'y en a pas assez pour pouvoir partager avec qui que ce soit! Mais venez tout de suite dans la salle à manger : j'ai quelque chose d'important à vous dire, ajouta-t-elle.

Le pasteur la suivit et ils pénétrèrent dans l'étroite salle à manger qui donnait, comme le salon, sur la rue. Ces deux pièces, situées au nord, étaient très obscures.

On pouvait y voir quelques jolis meubles que le révérend avait amenés avec lui quand il avait quitté, avec sa famille, le sud de l'Angleterre. Mais les rideaux coupés dans une étoffe mince avaient un aspect assez misérable. Abby et Torilla avaient pourtant fait tout ce qu'elles avaient pu pour leur donner un certain chic, en essayant de copier le drapé des lambrequins de l'un des salons du château de Fernleigh.

Le révérend Clifford avait épousé la sœur cadette de la comtesse de Fernleigh, Elisabeth, lorsqu'il était vicaire à Londres, à l'église St. George, place de Hanovre. Par la suite, pour faire plaisir à sa femme, le comte de Fernleigh l'avait nommé curé de la petite paroisse de Fernford, un village qui faisait partie de ses terres dans le Hertfordshire. Et c'était ainsi que sa fille Beryl et Torilla avaient grandi ensemble.

Les deux cousines germaines s'étaient trouvées

très bien de cet arrangement. Beryl avait deux ans de plus que Torilla, mais ce n'était pas une différence d'âge insurmontable et cela ne les avait jamais gênées.

En réalité, Torilla était plus intelligente que sa cousine et quand elles prenaient des leçons, elle dépassait Beryl sans difficulté.

Beryl passait beaucoup plus de temps auprès de sa tante, parce que la comtesse de Fernleigh préférait la vie mondaine et trépidante de Londres à la vie à la campagne.

Elle aimait beaucoup Mrs Clifford; et quand celle-ci était morte prématurément d'une pneumonie attrapée au cours d'un hiver très froid, elle avait eu presque autant de chagrin que Torilla.

Cependant, la mort de sa mère avait entraîné un changement de vie radical pour Torilla. Le révérend, fou de chagrin, avait déclaré qu'il ne lui était pas possible de continuer à vivre dans la maison où il avait connu tant de jours heureux avec son épouse.

Il ne voulait plus continuer à pratiquer son office dans ce village paisible où il avait peu de choses à faire. Et il avait sollicité une affectation dans une région déshéritée, dans l'une de ces paroisses du nord de l'Angleterre où régnait une terrible misère et où il pourrait faire œuvre charitable. Il avait été affecté à la paroisse de Barrowfields deux mois après la mort de sa femme.

Tout s'était passé si vite que Torilla n'avait pas eu le temps de se rendre compte de ce qui leur arrivait. Puis elle se retrouva dans cet endroit étrange où tout était inconnu et misérable, Abby restant le seul être au monde auquel elle pût se raccrocher.

Il en allait tout autrement pour le révérend Clifford. Le poste difficile qu'il avait obtenu n'était pas seulement un dérivatif à son chagrin, il représentait la réalisation de son désir le plus cher et il escomptait bien réussir là où tout le monde avait échoué avant lui.

C'était une sorte de défi qu'il relevait, animé par un fervent désir de soulager une humanité particulièrement malheureuse. Empli d'un zèle apostolique, il était accouru là dans cet enfer d'un village de mineurs pour se plonger de toute son âme dans les problèmes terrifiants qui pesaient sur la vie sordide de ses nouveaux paroissiens. Et il était bien résolu à lutter pour eux.

En fait, c'était une tâche surhumaine et il avait à affronter, tout seul, les armées du mal elles-mêmes.

Torilla et Abby étaient seules à connaître l'étendue de son dévouement et si elles n'étaient pas intervenues quand il le fallait, il n'aurait même pas pris le temps de manger et de dormir.

Il y dépensait jusqu'au dernier penny de ses émoluments et le peu d'argent personnel dont il disposait. Il aurait fait mourir de faim sa petite famille si Abby ne s'était gendarmée pour qu'il lui remette au moins le strict nécessaire pour les nourrir, le jour même où il percevait son traitement.

Aussi, tout en s'asseyant devant la table de la salle à manger, Torilla devinait la principale difficulté qui se dresserait inévitablement dans l'esprit de son père à la perspective de la laisser partir chez sa tante : « Il va me dire que le voyage est trop coûteux... », pensait-elle.

Elle prit son courage à deux mains pour annoncer :

– J'ai reçu une lettre de Beryl, papa!

Abby venait d'entrer dans la pièce avec le gigot et son père s'était versé un verre d'eau. Il répéta d'un ton vague et indifférent, comme s'il n'avait jamais entendu ce prénom :

– Beryl?

– Beryl va se marier, papa! Et elle me demande d'aller séjourner quelque temps auprès d'elle pour l'aider à préparer son trousseau. Elle veut aussi que je sois sa demoiselle d'honneur le jour du mariage.

– Oh! oui, Beryl! s'exclama le pasteur, comme s'il tombait des nues. (Il s'empara du couteau à découper et commença à tailler une tranche de viande.)

– Cela ne vous ennuie pas que je parte? demanda Torilla avec insistance.

– Absolument pas! Naturellement! répondit sans hésitation son père, qui prit le temps de couper sa tranche de viande et de la mettre dans son assiette avant d'ajouter : Mais je ne pense pas que nous en ayons les moyens.

Torilla s'empressa de lui expliquer :

– Je partirai par la diligence, toute seule : Abby restera avec vous pour s'occuper de la maison. De cette façon, je ne crois pas que cela nous coûtera bien cher.

La jeune fille venait tout juste d'envisager ce sacrifice; car à la lecture de la lettre de Beryl, elle avait tout d'abord pensé qu'il était naturel qu'elle emmenât Abby avec elle. Mais elle s'était rendu compte qu'il lui était impossible de le faire, non seulement à cause de la dépense que cela occasionnerait, mais aussi parce que son père, étant incapable de s'occuper de ses propres affaires, il fallait quelqu'un pour veiller sur lui.

Elle savait que la fidèle domestique avait encore plus d'autorité qu'elle-même et parvenait à obliger son père à manger et à dormir.

Le pasteur se taisait. Il réfléchissait. Puis il finit par dire d'un ton songeur :

– Mrs Coxwold attend son neuvième enfant, et sa fille aînée est tuberculeuse, j'en suis certain... Je pensais que, pour le moment, tout ce que nous pourrions économiser devait lui être donné.

– Le cas des Coxwold est navrant, mais tant pis, papa! Vous savez très bien que le père Coxwold dépense la moitié de sa paie tous les vendredis soir à la taverne.

Son père soupira avec tristesse :

– Je le sais! Je le sais! Mais que voulez-vous : un homme a le droit de dépenser l'argent qu'il gagne...

– Pas quand ses enfants meurent de faim! répliqua Torilla avec vivacité.

– Ils vont envoyer travailler à la mine leur petite qui va avoir cinq ans ce mois-ci, pensez donc, Torilla...

La jeune fille se récria :

– Oh! non, papa, c'est impossible! Rappelez-vous comme la petite des Barnsby a été malade quand elle a attrapé sa pneumonie en travaillant les jambes dans l'eau. Elle était si petite que l'eau lui montait jusqu'aux genoux.

Le pasteur soupira encore :

– Il faut bien qu'ils mangent, que voulez-vous!

Abby qui entrait à cet instant avec les légumes lui répondit du tac au tac :

– Et vous aussi, monsieur!

Elle avait posé sur la table deux plats; l'un contenait des pommes de terre et l'autre du chou : ce n'était pas très appétissant.

– J'ai fini... dit le pasteur en pensant à autre chose, tout en considérant d'un œil vague les petits morceaux de viande qu'il avait coupés dans son assiette.

– Je ne desservirai pas tant que vous ne vous serez pas convenablement nourri, monsieur! déclara Abby du ton ferme et affectueux qu'aurait employé une vieille nounou pour parler à un enfant récalcitrant.

Le pasteur se saisit des couverts et reprit deux tranches, minces comme des feuilles de papier, tandis qu'Abby restait debout à côté de lui pour l'obliger à prendre des légumes. Quand il se fut enfin décidé à se servir deux cuillerées de pommes de terre, la servante présenta le plat à Torilla, puis attendit que la jeune fille eût terminé de manger pour lui dire :

– Je me demandais, miss Torilla, si cela ne vous ennuierait pas trop d'aller sortir le pudding du four à ma place. Je n'ai pas osé demander à la petite de le faire : je n'ai pas grande confiance en elle. Le pudding est la seule chose qui reste à apporter, puisque la mélasse est sur la table.

Torilla acquiesça docilement et se leva aussitôt.

– J'y vais! dit-elle.

Abby lui tendit le plat de gigot qu'elle emporta dans la cuisine. Elle avait deviné qu'Abby voulait parler à son père et avait fait exprès de l'envoyer à la cuisine, pour se trouver seule avec lui.

Et elle avait raison : dès qu'elle fut sortie de la pièce, Abby interpella le pasteur :

– Miss Torilla vous a-t-elle dit que lady Beryl l'a invitée à passer quelque temps chez elle à l'occasion de son mariage, monsieur?

Le révérend Clifford répondit d'un ton calme, avec autant d'indifférence que de résignation :

– Oui, Abby, elle me l'a dit. Mais nous ne pouvons malheureusement pas faire une telle dépense! Les voyages en diligence sont très onéreux et c'est un très long trajet d'ici au Hertfordshire.

Abby intervint sèchement :

– Cependant, monsieur, il serait grand temps pour miss Torilla de retourner là-bas et de fréquenter enfin des gens convenables; vous m'excuserez de vous parler ainsi, mais je vous le dis très franchement!

Le pasteur leva la tête et regarda la servante avec un air immensément surpris. Mais il n'eut pas le temps de lui répondre, car elle poursuivit du même ton résolu :

– Je me demande si vous vous rendez compte que cela fait deux ans que nous sommes ici et que depuis deux ans, miss Torilla n'a pas échangé un mot avec un homme ou une femme de son monde? Je vous assure que sa pauvre mère doit se retourner dans sa tombe, si elle voit dans quel endroit vous faites vivre sa fille! Voilà la vérité!

Le pasteur parut soudain bouleversé. Il murmura :

– Je n'y avais jamais songé, Abby.

– Mais moi, j'y ai déjà pensé, monsieur! Miss Torilla a dix-huit ans. Et, si la pauvre Mrs Clifford – Dieu ait son âme – était encore en vie, elle ne s'occuperait que d'une chose pour le moment : trouver un mari convenable pour miss Torilla ! Elle organiserait des réceptions pour sa fille et elle attirerait des jeunes gens et des jeunes filles de son âge chez elle le plus possible ! Voilà monsieur !

Abby émit un reniflement de mépris avant d'ajouter avec véhémence, indignée :

– Voulez-vous me dire de quelle sorte sont les gens que nous pourrions trouver à inviter ici ? De pauvres créatures sales et loqueteuses, couvertes de poussière de charbon ; personne d'autre !

En l'entendant parler sur ce ton de ses paroissiens, le pasteur leva ses mains et les agita avec réprobation pour la faire taire.

Mais Abby continua résolument :

– Oh ! je sais, oui, monsieur : ce sont des chrétiens, ils ont eux aussi une âme qu'il faut sauver, ils sont nos égaux devant la Justice de Dieu ! Je sais, je sais ! Mais, tout de même, monsieur, je ne pense pas que vous souhaitiez voir miss Torilla épouser un mineur d'ici ! Non ? A moins que ce ne soit votre intention !

Le pasteur eut l'air consterné et mal à l'aise :

– Pour confesser la vérité, ma bonne Abby, je ne m'étais pas aperçu que Torilla était devenue une femme.

– Bon ! eh bien, maintenant, vous le savez ! Et c'est un crime, vraiment un crime, de l'enterrer vivante, comme vous le faites ! Car c'est exactement ce qu'elle est ici, dans ce pays abominable, rétorqua vertement Abby.

– Mais on a besoin de moi, ici ! répondit le

pasteur d'une voix basse et contrite, comme s'il plaidait sa cause devant un tribunal.

– C'est bien possible... et je ne vous critique pas de faire le travail de Dieu, et de le faire bien, certes. C'est le métier que vous avez choisi, en quelque sorte. Mais miss Torilla n'est ni une bonne sœur ni un frère prêcheur! C'est une jeune fille, et même une très belle jeune fille!

Elle ne put en dire plus : Torilla revenait avec un tout petit pudding qui semblait perdu au milieu d'un très grand plat.

Son père était si profondément plongé dans ses douloureuses réflexions qu'il ne parut pas s'apercevoir qu'elle était revenue s'asseoir en face de lui. Il ne semblait même pas la voir, et Torilla s'en rendit compte.

La jeune fille devint inquiète. Elle jetait des regards désespérés à Abby pendant que celle-ci changeait les assiettes. Mais, au moment où la servante plaça devant lui sa cuiller et son assiette à dessert, le pasteur leva la tête et lui dit :

– Vous avez raison, Abby. Il faut que miss Torilla aille au mariage de Beryl. Nous arriverons bien à trouver l'argent nécessaire.

Il n'ajouta rien, mais il mangea rapidement son dessert et, sitôt la dernière cuillerée de pudding avalée, il se précipita dans le vestibule pour repartir.

Torilla se tourna aussitôt vers la servante :

– Ainsi, Abby, vous avez réussi à faire changer papa d'avis. Oh! j'ai honte maintenant : vous avez bien vu que l'idée de dépenser tout cet argent pour moi le contrariait, il voulait le donner à la famille Coxwold.

Abby haussa les épaules :

– Ces gens-là ont déjà reçu plus d'argent de votre père qu'ils n'en méritaient! Cette femme est une geignarde. Le révérend est bien trop bon et il croit tout ce qu'elle lui raconte pour lui soutirer de l'argent!

– Je sais bien, Abby. Mais papa souffre de voir tous ces pauvres gens vivre si mal. Ce village et cette mine sont abominables. Moi, je ne peux pas supporter la vue de ces pauvres petits enfants...

Elle resta un moment songeuse avant d'ajouter, d'une voix étranglée par les larmes qu'elle refoulait :

– C'est peut-être très égoïste de ma part de vouloir partir. Pour les Coxwold, il vaudrait certainement mieux que je reste ici... Papa pourrait leur donner l'argent de mon voyage... Pour eux, c'est vital!

Abby secoua la tête vigoureusement :

– Il pourrait bien y avoir une centaine de Coxwold en train de mourir que cela ne vous empêcherait pas d'aller rejoindre lady Beryl. Cela n'a rien à voir.

Mais Torilla murmura encore, pleine de scrupules :

– C'est peut-être mal de ma part, aussi, de quitter papa...

– Je ne vous laisserai pas refuser cette invitation. Il faudrait me tuer pour m'empêcher de vous mettre dans la diligence! s'insurgea Abby. (Puis elle changea de ton pour dire :) Asseyez-vous tout de suite, miss Torilla. Et répondez immédiatement à lady Beryl en lui annonçant que vous partirez d'ici par la première diligence lundi prochain.

– Mais, voyons, Abby, c'est impossible : c'est après-demain !

Abby déclara d'un ton sans réplique :

– Le plus tôt sera le mieux ! Vous n'avez aucun souci à vous faire au sujet de votre père. Je le soignerai très bien, vous le savez parfaitement, d'ailleurs !

– Il vous écoute beaucoup mieux que moi, c'est vrai ! Je n'aurais pas pu lui faire reprendre du gigot, et pourtant cela lui a fait certainement plaisir, même s'il n'en a rien dit... C'est vous qui l'avez obligé à se resservir.

– Ce gigot durera toute la semaine et c'est ce dont a besoin votre père : avec un peu plus de bonne nourriture dans l'estomac, il se tourmenterait beaucoup moins pour ses pauvres paroissiens.

Torilla, tout en étant du même avis, ne pouvait oublier que son père n'était pas le seul à souffrir et elle le comprenait. On voyait des choses horribles dans ce village minier qu'elle ne pouvait pas supporter, notamment ces malheureux petits enfants qui travaillaient à la mine et que l'on fouettait quand ils pleuraient ou quand ils s'endormaient de fatigue en travaillant. Et cela lui faisait mal de voir des jeunes femmes de trente ans percluses d'infirmités comme des vieillards.

Elle comprenait pourquoi les hommes menant une existence aussi sordide et débilitante qui détruisait jusqu'à leur âme se précipitaient tous les vendredis soir à la taverne pour essayer d'oublier pendant une heure ou deux l'obscurité et les dangers de la mine.

Chaque fois qu'un accident se produisait, le père

de Torilla rentrait pâle comme un linge, les yeux pleins de larmes, et la jeune fille devait, comme d'habitude, porter aux femmes malades et aux enfants qui n'avaient pas assez à manger le bouillon qu'Abby préparait pour eux.

Malheureusement ils avaient eux-mêmes trop peu d'argent pour pouvoir en économiser afin d'aider les mineurs. Il fallait que, de temps en temps, Abby se fâche sérieusement pour obtenir du révérend un peu d'argent pour acheter du tissu bon marché, sinon Torilla aurait fini par circuler avec des vêtements usés jusqu'à la trame et rapiécés, comme les femmes de mineurs elles-mêmes.

Il y eut donc bien peu de choses à mettre le lendemain dans les bagages de Torilla, après que la servante eut passé toute sa journée à laver, raccommoder et repasser les affaires de la jeune fille. Torilla avait heureusement quelques robes qui avaient appartenu à sa mère, mais qu'elle n'avait jamais eu l'occasion de porter depuis son arrivée à Barrowfields : c'étaient des toilettes en étoffes fines et des robes du soir.

Elle craignait cependant qu'elles ne soient très démodées et difficiles à porter. Mais elle n'avait pas le temps d'y réfléchir. Et puis, comment aurait-elle pu savoir! Elle n'avait pas assez d'argent pour acheter *Le Journal des Dames,* ni les autres revues et magazines londoniens dans lesquels elle aurait pu voir ce qui se portait dans la capitale.

Mais la jeune fille ne se faisait pas trop de soucis pour son élégance. Elle connaissait trop la gentillesse et le bon cœur de sa cousine et elle savait que Beryl lui prêterait ce dont elle aurait besoin, comme elle l'avait toujours fait.

Le lundi matin, elle quitta le cœur léger le presbytère, vêtue d'une robe de mousseline très simple sur laquelle elle avait mis un manteau usé jusqu'à la trame. Elle portait un petit chapeau dont la paille était râpée et qu'elles avaient garni de rubans bleu ciel bon marché. Il était très tôt lorsqu'elle monta dans la diligence qui devait la mener vers le sud de l'Angleterre et dans laquelle elle allait faire la première partie de son long voyage.

Abby l'avait accompagnée jusqu'au carrefour où s'arrêtait la diligence qui venait de Leeds. Pendant qu'elles bavardaient en l'attendant, la servante lui dit d'un ton soucieux :

– Vous ne devriez pas voyager toute seule, à votre âge, c'est bien certain!

Torilla répondit, avec un petit sourire brave :

– Oui, c'est vrai. Mais comme nous ne pouvons pas me faire passer pour un bébé voyageant gratuitement dans les bras de sa nourrice, je ne vois pas le moyen de voyager à deux avec un seul billet!

Mais Abby ne riait pas. Elle lui fit mille recommandations sévères :

– Oui, oui! Mais ne parlez à personne, miss Torilla : souvenez-vous bien de ce que je vous dis. Et, à propos, cela me fait penser à quelque chose... Il faut que je vous en avertisse.

– Qu'est-ce donc? demanda avec une certaine appréhension la jeune fille, inquiète du ton d'Abby.

– Eh bien! La vie que vous avez menée, ici, depuis deux ans, n'est pas une vie normale pour une jeune fille de votre âge et de votre milieu. Tout ce qui vous entoure est pauvre, laid, sordide. Vous n'avez connu que la misère et la laideur... Il vaudra mieux ne pas en parler trop à votre tante et à votre cousine. Voilà ce que je tenais à vous dire!

– Mais pourquoi? s'étonna sa jeune maîtresse.

– Parce que les gens n'aiment pas beaucoup entendre parler de ces choses affreuses. Ils n'aiment pas savoir qu'elles existent, ni qu'on attire leur attention dessus. Ils préfèrent les ignorer et parler de choses gaies et agréables. C'est ainsi, déclara d'un ton triste et convaincu Abby. Puis elle se tut pour réfléchir aux recommandations qu'elle devait faire à la jeune fille pour lui éviter tout ennui.

Elle finit par ajouter pour la convaincre :

– Rappelez-vous donc, miss Torilla, ce que votre maman disait souvent à mon maître : « Allons, allons, mon chéri, n'y pensez plus et souriez! Vous ne pouvez pas porter à vous tout seul tous les malheurs et les péchés du monde! »

– Oui. Je me rappelle que maman disait cela à papa et qu'il lui répondait invariablement : « Est-ce que je vous ennuie et deviendrais-je un fâcheux? »

Abby hocha la tête :

– Oui, et maintenant que votre chère maman a disparu, c'est exactement ce que votre père est devenu aux yeux des gens du monde, miss Torilla!

La jeune fille se récria avec sincérité :

– Mais non, moi je ne trouve pas papa ennuyeux!

Abby lui jeta un regard de tendresse indulgente :

– Bien sûr, ma chérie! Mais c'est ce que tout le monde pense de lui! Et c'est la raison pour laquelle, dès votre départ, il faudra absolument oublier tout ce que vous avez vu et entendu ici. Il faut que vous rentriez dans la vie brillante et insouciante que vous avez menée du vivant de votre mère, comme si vous ne l'aviez jamais quittée! Il le faut!

Elle avait appuyé intentionnellement sur ces derniers mots et elle s'aperçut avec satisfaction que les yeux de Torilla se mirent à briller. Elle devinait que la jeune fille repensait enfin à tout le bonheur qu'elle avait connu dans le ravissant cottage, couvert de chaume et entouré d'un jardin débordant de fleurs où habitait alors le pasteur avec sa famille, dans un village du Sud, riant et propre.

Et c'était précisément ce que voulait Abby. Elle insista cependant encore une fois et dit, en regardant Torilla au fond des yeux :

– Promettez-le-moi formellement!

– Vous promettre de ne pas être ennuyeuse? Bien sûr, voyons, Abby! Mais comme je regrette que vous ne puissiez pas m'accompagner! Si quelqu'un avait besoin de vacances, c'était bien vous, pourtant!

– Mais ce seront de vraies vacances pour moi de pouvoir penser que vous avez enfin un peu de bon temps!

Tout en parlant, elle guettait la route et vit apparaître la diligence dans le lointain.

– La voilà! s'exclama-t-elle. Bon, alors maintenant, je vous souhaite un séjour agréable, ma petite enfant chérie! Profitez bien de tout et oubliez tout le reste!

– Je ne vous oublierai pas, vous, Abby! se récria Torilla en lui jetant les bras autour du cou.

Elle embrassa plusieurs fois la vieille femme sur les deux joues.

– Et merci de bien vouloir vous occuper de papa!

C'est bien grâce à vous, Abby, si je peux assister au mariage de Beryl! dit-elle avec fougue.

– Ne manquez pas de dire de ma part à lady Beryl que je lui souhaite beaucoup de bonheur; et que j'espère qu'elle a trouvé un mari qui sera capable de la rendre heureuse!

– C'est aussi ce que j'espère...

Mais Torilla n'en dit pas plus. Ses paroles se perdirent dans le fracas assourdissant du lourd véhicule qui arrivait et stoppa à leur hauteur, sur le bord de la route. Le toit de la diligence était bondé de bagages et de voyageurs.

Le postillon sauta à terre, s'empara de la mallette de Torilla et la jucha sur le toit avant même d'ouvrir la portière.

En se penchant, la jeune fille aperçut une place libre sur la banquette du fond, entre deux énormes personnages qui occupaient chacun plus que leur dû. Elle grimpa lestement en criant une dernière fois :

– Au revoir, Abby!

Puis elle se glissa jusqu'au fond, tout en s'excusant chaque fois qu'elle bousculait quelqu'un.

Quand elle se fut assise et que le postillon eut regagné son siège haut perché, elle se pencha à la portière pour faire un geste d'adieu à Abby.

La vieille servante agitait aussi la main. Elle souriait, mais ses yeux étaient pleins de larmes quand le cocher fouetta les chevaux pour faire repartir la diligence.

2

Le marquis fit une entrée retentissante dans la cour de l'Auberge Peligan avec son magnifique attelage de quatre chevaux bai-brun. Comme toujours, il avait voyagé dans le phaéton très léger, fabriqué spécialement pour lui et le plus rapide de toute l'Angleterre.

Il se tourna vers son laquais d'un air satisfait :

– Jim, je crois bien que nous avons battu un vrai record aujourd'hui! lui fit-il remarquer.

– Oui, milord : un bel exploit! répondit le laquais en se rengorgeant de satisfaction à la perspective de l'effet qu'il allait produire quand, à l'office, il raconterait leur voyage aux autres valets d'écurie.

Le marquis jeta un coup d'œil autour de lui. Il avait l'air contrarié : il ne s'était pas attendu à trouver là une telle quantité de voitures élégantes. La cour était pleine de véhicules dételés reposant sur leurs brancards.

– C'est vrai : c'est le jour des courses de Doncaster! Je l'avais complètement oublié! s'exclama-t-il un instant plus tard en fronçant les sourcils.

– On peut espérer quand même que Votre Grâce

sera confortablement installée. Mr Harris doit y avoir veillé, fit observer Jim d'un ton apaisant.

Le marquis n'avait pas le moindre doute à ce sujet. Car il avait la sage habitude de se faire précéder par son valet avec ses bagages, de façon à être certain de trouver tout ce qu'il lui fallait dès son arrivée dans les auberges où, quelle que soit l'heure, la meilleure chambre lui était réservée.

Cependant, à l'occasion des courses, une foule de gens de qualité accourus de toutes parts envahissaient les auberges, provoquant beaucoup de tumulte et d'allées et venues. Or, il détestait coucher dans un endroit bruyant après une journée de voyage longue et fatigante.

« Il n'y a rien à faire », pensait-il en lui-même tout en sautant à terre; mais il regrettait de ne pas s'être arrangé, comme il l'avait fait à l'aller, pour s'arrêter en cours de route chez des amis.

A sa mère qui lui avait demandé, avant son départ :

– A qui avez-vous l'intention de rendre visite?

Il avait répondu :

– J'ai l'intention de rentrer directement, le plus vite possible, sans m'arrêter nulle part, maman. A dire vrai, la plupart des gens chez qui je me suis arrêté, en venant ici, étaient parfaitement ennuyeux. Je n'ai pas envie de recommencer.

Il se garda bien d'expliquer à sa mère que, presque partout, les maîtresses de maison lui jetaient leurs filles dans les bras.

Il avait pris plaisir à rester quelques jours chez le duc de Darlington qui possédait une maison de campagne absolument magnifique à Burleigh : le château de Woburn Abbey.

Mais partout ailleurs, il avait été rebuté par les manœuvres des hôtesses pour l'obliger à manifester de l'intérêt pour leurs filles qui étaient toutes des laiderons et n'ouvraient pas la bouche. A leur vue, le marquis eut la nostalgie des beautés sophistiquées et spirituelles qu'il était habitué à voir évoluer autour de lui à Londres. Celles-ci étaient toutes mariées et, ce qui valait mieux encore, elles connaissaient les règles du jeu. Avec elles, il était tranquille : il ne risquait pas de se retrouver avec la bague au doigt. Or, pour lui, une alliance au doigt équivalait à des menottes!

Il avait, depuis des années, l'habitude d'être en butte aux intrigues des mères de famille qui cherchaient à marier leurs filles; mais, maintenant qu'il était officieusement fiancé avec Beryl, ces petites manigances l'irritaient. Et, arrivé à Harrogate, il était bien décidé à se soustraire à ces désagréables expériences lors de son trajet de retour.

Sa mère s'était évidemment étonnée :

– Comment cela, mon chéri? Je croyais que vous aviez les auberges et les hôtels en horreur?

Et il avait simplement répondu :

– C'est exact, maman; mais je peux quand même y passer une nuit de temps à autre. Et Harris est là pour faire en sorte que je sois aussi confortablement installé que possible.

– Ce serait quand même beaucoup plus agréable de faire relais chez des amis, avait encore objecté sa mère.

– Mais je n'en ai pas envie, maman! Il ne faut pas vous tourmenter à ce sujet. Naturellement, je veux voyager incognito, comme à l'ordinaire.

Le marquis avait en effet l'habitude d'utiliser un

nom d'emprunt et un titre moins important quand il s'arrêtait dans une auberge ou un relais de poste. Car, non seulement il était une personnalité très en vue, mais de plus une célébrité en province, à cause de son écurie de courses.

Il savait donc, en descendant à l'Auberge Peligan, que son valet de chambre aurait retenu une chambre pour lui, sous le nom de sir Alexander Abdy. C'était, pour lui, la seule façon de ne pas être assailli par des importuns, comme cela arrivait toujours sur les champs de courses. A Londres, c'était pis encore, et il avait toujours le plus grand mal à se débarrasser de tous les fâcheux qui se prétendaient d'anciens camarades de guerre et de tous les solliciteurs qui lui demandaient de l'aide.

Il entra dans l'auberge par une porte dérobée. Harris l'y attendait, comme convenu, en compagnie du palefrenier que le marquis avait envoyé également en avant pour s'occuper des chevaux.

Les deux hommes dirent ensemble d'un ton respectueux :

– Bonjour, milord.

Il se tourna vers le palefrenier :

– J'ai fait une excellente route, Ben. Les deux nouveaux chevaux valent largement la somme qu'ils m'ont coûtée.

– Cela me fait plaisir, milord!

– Je les ai menés durement toute la journée; aussi faudra-t-il que vous les ménagiez demain. Vous vous occuperez aussi du nouveau valet d'écurie.

– Votre Grâce peut compter sur moi! répondit Ben.

Le marquis partit ensuite derrière Harris qui le guida, le long d'un corridor, jusqu'à un escalier en chêne poli par le temps. Les gens qui étaient allés aux courses dans l'après-midi buvaient pour fêter leurs gains ou pour noyer leurs déceptions, et des éclats de voix leur parvenaient jusque dans les couloirs.

Quand son valet de chambre le fit entrer dans une belle chambre avec un bow-window et un grand lit à colonnes, qui semblait assez confortable, le marquis lui dit :

– J'avais oublié qu'il y avait des courses, cette semaine, à Doncaster!

– C'est bien ce que j'ai pensé, en arrivant, milord! Mais figurez-vous que cela m'était également sorti de l'esprit : sans doute parce que nous ne faisons jamais participer nos bêtes aux courses de printemps!

Le marquis était parfaitement habitué à entendre ses principaux domestiques s'identifier à lui; aussi répondit-il seulement :

– Je crois que cette auberge est bourrée de monde, il fallait s'y attendre!

– C'est hélas le cas, milord! Mais j'espère que Votre Grâce ne sera pas dérangée, puisque j'ai pu obtenir un salon particulier... (Après s'être accordé un petit temps de pause pour se donner du courage, Harris avoua d'un ton déçu :) Cependant, j'ai le regret de devoir vous dire, milord, qu'il m'a été impossible d'obtenir que la chambre voisine nous soit louée aussi...

Comme le marquis ne faisait aucun commentaire, son valet poursuivit, tout en l'aidant à retirer son manteau :

– Ce n'est qu'une toute petite chambre, milord. Aussi je suis convaincu que l'aubergiste ne peut l'avoir louée à l'un de ces gentilshommes tapageurs. Elle doit plutôt être occupée par une dame et il y a donc lieu de penser que Votre Grâce ne sera pas incommodée par ce voisinage paisible.

Le marquis ne disait toujours rien. Mais il se sentait irrité, au fond de lui-même, à l'idée qu'il y aurait quelqu'un dans la chambre contiguë. Il tenait beaucoup à jouir d'une tranquillité absolue quand il se couchait pour dormir, sans doute parce que c'était un homme dont le cerveau travaillait beaucoup, et il avait toujours veillé jalousement sur la paix de ses nuits. C'est pourquoi il donnait toujours l'ordre impératif à ses domestiques de louer, s'il le fallait, les deux chambres voisines de la sienne.

Mais cette fois-ci, c'était sa faute si son valet n'avait pu le faire. Et il se disait philosophiquement qu'il avait de la chance d'avoir pu trouver une chambre libre pendant la saison des courses à Doncaster.

Il n'en parla point. Mais il était persuadé, en lui-même, que Harris avait dû déloger un malheureux voyageur qui n'avait pas à son service un serviteur aussi zélé et généreux que le sien. Le marquis soupçonnait également Harris d'avoir pris la précaution de distribuer de généreux pourboires aux gens de l'office afin que, si quelqu'un devait être négligé ce soir-là au Peligan, ce ne soit pas son maître.

Le marquis prit un bain devant sa cheminée où brûlait un bon feu. Et, dès qu'il eut revêtu son habit de soirée, il descendit dans le petit salon privé qui lui avait été réservé au rez-de-chaussée. C'était une pièce toute petite, mais confortablement meublée.

Il y avait un bon feu, le repas fut excellent et le

service impeccable. Après le dîner, il alla s'asseoir devant la cheminée pour savourer un verre de porto tout en parcourant les journaux que Harris lui avait apportés.

Il fut très satisfait de constater, en lisant la rubrique des courses, que les chevaux qui couraient à Doncaster étaient d'une catégorie inférieure à celle de son écurie et n'auraient pu entrer en compétition avec eux. Quand il s'agissait de ses chevaux, le marquis dédaignait les victoires trop faciles. Il se félicita de ne les avoir inscrits à Doncaster que pour le Prix Saint-Léger qui se courait au mois de septembre.

En fait, il entraînait uniquement ses chevaux pour les courses d'Ascot, car il voulait absolument gagner la Coupe d'Or, cette année-là.

Il jeta un coup d'œil distrait sur les autres nouvelles et n'y trouva que les doléances habituelles sur les difficultés que traversait le pays en cette période d'après-guerre. Les comptes rendus de séances du Parlement étaient aussi stériles et ennuyeux que d'habitude.

Après cette journée de voyage au grand air, la chaleur du feu lui donnait sommeil. Il finit son verre de porto et monta se coucher très tôt. Mais Harris l'attendait déjà pour l'aider à se déshabiller. Quand il voyageait et devait coucher dans des auberges, le marquis emportait avec lui, non seulement ses draps, mais toute sa literie personnelle et le valet refaisait complètement le lit.

Tout en prenant les vêtements de son maître afin de les empaqueter, Harris demanda :

– Votre Grâce désire-t-elle être réveillée de bonne heure ?

– A 8 heures : ce sera suffisamment tôt, Harris. Avez-vous préparé mes vêtements pour Jim?

Harris devait, en effet, partir à la pointe du jour le lendemain matin pour précéder le marquis à l'hôtellerie où ils passeraient la nuit et tout organiser, comme il l'avait fait ce jour-là, avant l'arrivée de son maître. Il y était tellement habitué qu'il se sentit offensé par la question du marquis et une nuance de reproche passa dans sa voix :

– Tout est préparé dans l'armoire, milord, dit-il au marquis. Celui-ci se félicita que Jim, valet d'écurie, soit capable de lui servir de valet de chambre à l'occasion.

» Bonne nuit, milord; j'espère que Votre Grâce ne sera pas dérangée, ajouta respectueusement Harris.

Avant de sortir de la chambre, le valet jeta un dernier regard cirulaire pour s'assurer que tout était en ordre; puis il referma soigneusement la porte derrière lui.

Le marquis retira rapidement sa robe de chambre en soie, la posa sur une chaise et se mit au lit sans attendre.

Il fut satisfait de constater qu'il ne s'était pas trompé : le lit était très confortable avec son épais matelas de plumes d'oie.

Il se sentait tout heureux de la décision qu'il avait prise de s'arrêter à l'hôtel : « Cette soirée solitaire a été infiniment agréable. Je n'ai pas été obligé d'écouter une conversation insipide, comme cela aurait été, si j'avais été reçu quelque part, par une de ces maîtresses de maison ennuyeuses... », pensait-il.

Il pouvait lui arriver pis encore : bien souvent les

hôtes chez qui il s'arrêtait avaient eu l'idée désastreuse d'organiser une véritable réception en son honneur; et il devait payer la rançon de son importance. Il lui fallait alors se rendre agréable à toutes sortes d'inconnus avec qui il n'avait aucun point commun et qu'il espérait, en général, ne jamais plus rencontrer de sa vie.

Il soupirait d'aise à la pensée d'y avoir échappé, dans ses draps frais et doux, dans le calme absolu de cette chambre obscure que les dernières flammes de l'âtre éclairaient de lueurs dorées intermittentes.

Le marquis était presque endormi lorsqu'il entendit des pas lourds trébucher dans l'escalier. Dans une demi-conscience, il pensa confusément que les aubergistes devraient faire comme tous les gens civilisés et mettre des tapis sur les marches de leurs escaliers.

Soudain on frappa contre sa porte et il sursauta. Il crut d'abord qu'il s'agissait d'un mauvais tour de son imagination. Mais les coups se répétèrent tant et si bien qu'il comprit qu'il n'avait pas rêvé, mais que c'était à la porte voisine que l'on avait frappé.

– Qui est là? demanda-t-on très bas.

C'était une voix de femme, comme le marquis le constata avec mauvaise humeur, en s'apercevant que la cloison entre les deux chambres était vraiment mince.

Une voix d'homme répondit :

– Vous z'avez oublié quelque chose dans l' sala m'ger, mademoiselle!

Le marquis ressentit une impression bizarre :

l'homme avait un curieux accent qu'il était incapable de reconnaître.

– Mais je suis absolument certaine de ne rien avoir oublié! protesta la jeune fille.

– J' vous l' rapporte, mam'zelle!

Le marquis aurait bien voulu ne pas se préoccuper de ce qui se passait dans le couloir; mais il ne put s'empêcher d'imaginer la jeune femme, pour inconnue qu'elle lui soit, qui se levait et sortait de son lit. Puis il entendit le bruit de la clé qui tournait dans la serrure.

– Je ne vois pas du tout ce que j'ai pu..., commença-t-elle. (Puis elle poussa un cri étouffé :) Oh! C'est vous!

– Oui : c'est moi! Vous avez filé sans même me dire bonsoir, ricana l'homme qui avait perdu son accent et parlait maintenant d'un tout autre ton.

– Mais je n'avais rien à vous dire, monsieur! Vous n'aviez absolument aucun droit de me parler.

– Mais, moi, je veux vous parler!

– Veuillez vous en aller... Vous n'avez rien à faire ici!

Le marquis avait l'impression, d'après la voix de la femme, qu'elle essayait de refermer sa porte et en était empêchée. Puis, il l'entendit qui criait :

– Non! Non! Vous n'avez pas le droit d'entrer ici! Sortez! Sortez tout de suite! Allez-vous-en!

– Je veux vous parler, ma belle!

La femme suppliait :

– Je vous en prie : laissez-moi tranquille. Vous n'avez pas le droit d'entrer dans ma chambre!

– Pourtant j'y suis! Et vous ne pouvez pas m'empêcher d'y rester, riposta l'homme d'un ton violent et narquois.

– Vous n'avez pas le droit de venir ici. Si vous ne sortez pas immédiatement, je vais crier et appeler à l'aide!

– Ni l'aubergiste ni personne ne vous entendra : tout le monde est bien trop occupé en bas!

– Je vous en prie : sortez! Je m'étais déjà couchée et je n'ai absolument rien à vous dire.

– Mais moi j'ai beaucoup de choses à vous dire! Vous savez que vous êtes très jolie, miss Clifford! Et, comme vous le voyez, je sais votre nom bien que vous ayez refusé de me le dire.

– Mais partez! Il faut vous en aller. Cela ne se fait pas. Vous savez très bien que cela ne se fait pas de pénétrer de force dans la chambre de quelqu'un! C'est mal!

– Mais moi je ne vois rien de mal à cela! Et si vous vouliez bien en finir avec vos grands airs, nous pourrions passer un bon moment ensemble!

– Je ne sais ce que vous me voulez... Je ne comprends pas. Laissez-moi, je vous prie... Laissez-moi, partez!

– C'est justement ce que je ne ferai pas, ma belle! N'y comptez pas! Vous me plaisez; voilà longtemps que je n'avais pas vu femme aussi jolie! Allons, maintenant, soyez un peu intelligente et raisonnable : approchez donc!

Le marquis entendit des pas : l'homme avait dû se déplacer... et même probablement se rapprocher de la jeune femme, car un cri de terreur déchira brusquement l'air :

– Non! Non! hurlait la femme.

Le marquis s'assit brusquement sur son lit. Il trouvait absolument intolérable d'être dérangé dans son sommeil, mais plus encore qu'une femme pût être importunée d'une aussi déplaisante façon dans une auberge.

D'après ce qu'il entendit quand l'inconnu eut réussi à s'introduire dans la chambre, il s'agissait d'un gentilhomme qui avait simplement contrefait sa voix pour imiter celle d'un domestique campagnard dans le dessein de se faire ouvrir la porte sans méfiance.

Il s'exprimait à présent comme un homme bien élevé et cultivé, mais ivre, ce que l'on pouvait juger à sa voix empâtée.

Le marquis était lui-même assez libertin; quand il désirait une femme, il ne se faisait pas faute de la poursuivre de ses assiduités s'il avait quelque espoir d'obtenir ce qu'il voulait. Mais jamais il n'aurait insisté et importuné une femme qui aurait aussi fermement manifesté sa volonté d'être laissée en paix. Il aurait jugé cela déloyal.

Et il ne se serait jamais permis, non plus, de s'attaquer à une femme voyageant seule et se trouvant, de ce fait, sans aucune protection et dépourvue de moyens de défense.

Quand il entendit un second cri, le marquis sauta à bas de son lit sans hésiter. Il enfila prestement sa robe de chambre, ouvrit sa porte et se précipita dans le couloir.

La porte de la chambre voisine était fermée, mais il l'ouvrit sans frapper. Et il découvrit là ce à quoi il s'attendait : un homme maintenait une femme qui luttait désespérément pour s'échapper de ses bras.

Le marquis reconnut immédiatement l'homme : c'était un habitué des courses, un parieur. Sir Joscelyn Threnton était bien connu pour hanter tous les tripots des champs de courses en compagnie d'une bande de parieurs qui avaient fort mauvaise réputation dans leur propre milieu. Et le marquis les suspectait fortement de transgresser sans scrupule les règles imposées par le Jockey-Club.

Quant à sir Joscelyn, il était tellement occupé à essayer d'embrasser de force la femme qu'il n'avait même pas entendu le marquis entrer.

Ce fut Torilla qui, la première, l'aperçut et elle cria aussitôt :

– Au secours! Aidez-moi! Vite!

Le marquis traversa la petite pièce en deux enjambées, saisit sir Joscelyn au collet et le fit tourner sur lui-même comme un pantin. Puis, plongeant son regard au fond du sien, il lui dit sèchement :

– Sortez d'ici!

Sir Joscelyn commença à regimber en criant avec fureur :

– Par l'enfer : de quoi vous mêlez-vous, vous!

Mais, ayant reconnu à qui il avait affaire, il resta coi.

– Dehors! répéta le marquis tranquillement.

Il n'eut pas besoin d'en dire plus. Sir Joscelyn remua bien un peu les lèvres, comme pour tenter de se justifier ou de contester le droit qu'avait pris le marquis de lui donner des ordres. Mais il préféra finalement ne rien dire du tout.

Il obtempéra sans la moindre dignité et se glissa, rapide comme un serpent, hors de la pièce, après avoir jeté un regard haineux au marquis et bientôt ils entendirent ses pas décroître dans l'escalier de chêne.

Le marquis se tourna enfin vers la femme à qui il venait de prêter main-forte : « Très jeune et très, très jolie ! » pensa-t-il immédiatement en suivant du regard ses cheveux blonds qui lui tombaient dans le dos jusqu'à la taille, son joli visage aux traits délicats et ses yeux immenses qui, en cet instant, étaient dilatés par la terreur.

Encore toute frémissante, elle se tenait immobile, appuyée au mur contre lequel elle avait précipitamment reculé, lors de l'intervention du marquis.

Elle fit enfin un pas en avant et murmura d'une toute petite voix effrayée :

– Je vous remercie... Oh ! comme je vous remercie : vous m'avez sauvée ! Je ne savais plus quoi faire...

– C'est inouï que pareille chose puisse se produire dans une auberge ! Intolérable en vérité ! Il ne reviendra pas, soyez tranquille ! Cependant, fermez bien votre porte à double tour et n'ouvrez plus à personne ! déclara le marquis, indigné.

Torilla balbutia :

– C'est ma faute : j'ai été stupide d'ouvrir... Mais je n'aurais jamais pensé... Je ne m'attendais pas à une chose pareille... Je n'aurais jamais cru qu'il pouvait exister des hommes capables de se conduire ainsi...

Le marquis ne put s'empêcher de sourire de son ingénuité.

– Eh bien ! Maintenant vous savez qu'ils existent ! Alors, tâchez d'être plus prudente à l'avenir !

– Oh oui ! je le serai ! affirma-t-elle sans hésiter. Et merci encore; je vous suis infiniment reconnaissante.

– Et maintenant, allez vous coucher et n'y pensez

plus! reprit le marquis avec attendrissement, comme s'il avait parlé à un petit enfant.

Il referma soigneusement la porte derrière lui et presque aussitôt la clé tourna dans la serrure.

En retournant dans sa propre chambre, le marquis comprit pourquoi sir Joscelyn avait jeté son dévolu sur cette jeune fille vraiment ravissante.

Le marquis songea que sir Joscelyn avait dit vrai en déclarant qu'il n'avait pas vu depuis longtemps une aussi jolie femme. Intrigué, il se demandait qui ce pouvait être et pourquoi elle voyageait toute seule.

Finalement, il se souvint d'avoir entendu sir Joscelyn l'appeler miss Clifford, un nom qui ne lui disait absolument rien.

« C'est un nom assez commun, monologuait-il, mais c'est une personne d'excellente famille visiblement. Et ses cheveux ont l'éclat du soleil au printemps... »

Il se mit à rire tout seul de son lyrisme subit et il en riait encore lorsqu'il s'endormit.

Quand Torilla se recoucha, elle avait les jambes toutes tremblantes et son cœur battit longtemps encore la chamade tant elle avait eu peur.

Jamais elle n'avait pensé que pareille aventure pût lui arriver un jour! Comment un gentilhomme digne de ce nom pouvait-il avoir l'audace de s'introduire de force dans la chambre d'une femme!

Elle avait bien vu cet homme qui la regardait avec insistance dans la salle de l'auberge. Il était assis au milieu d'un groupe d'hommes élégants. Cette tablée était devenue de plus en plus bruyante et animée au cours du dîner, car on y buvait beaucoup trop.

A la table où Torilla dînait en compagnie des autres voyageurs descendus avec elle de la diligence, les hommes buvaient un peu de bière, mais les femmes avaient toutes réclamé de l'eau.

Le repas était loin d'être raffiné, et comme on servait en dernier les voyageurs de la diligence, presque tous les plats leur arrivaient froids. C'était un menu imposé et on était loin de leur offrir tous les mets qui étaient apportés sur les autres tables.

Mais Torilla était tellement fatiguée qu'elle n'avait pas faim. Elle déplora la lenteur du service, s'impatientant des longs intervalles entre chaque plat et de la négligence des serveurs à l'égard de leur table.

Elle s'apprêtait à quitter la table peu avant le dessert, quand une voix résonna au-dessus de sa tête. Un homme était à côté d'elle et lui demandait :

– Puis-je me permettre de me présenter?

Elle leva brusquement la tête et reconnut avec étonnement le gentilhomme qui l'avait regardée avec une insistance si gênante pendant le dîner. Il n'attendit pas sa réponse pour déclarer avec la plus grande assurance, bien certain d'impressionner la jeune fille :

– Je suis sir Joscelyn Threnton. Voulez-vous me faire le plaisir de venir prendre un verre de porto avec nous?

Elle répondit, le visage fermé :

– Non merci, monsieur!

– Je n'ai jamais accepté qu'on me réponde non, figurez-vous, mademoiselle! Allons, venez vous joindre à nous, que nous fassions plus ample connaissance tous les deux.

– Je ne puis que vous répéter la même chose : c'est non, répliqua-t-elle sèchement.

Un des amis de sir Joscelyn l'ayant interpellé en cet instant à l'autre extrémité de la salle, il n'avait pu poursuivre la discussion.

Tandis qu'il s'éloignait, elle en profita pour se lever et se glisser avec la rapidité de l'éclair hors de la salle, tant elle avait peur. Sir Joscelyn ne s'était pas aperçu de son départ.

Une fois dans sa chambre, elle s'enferma à clé et se crut débarrassée de cet importun. Elle était couchée depuis longtemps lorsqu'elle entendit l'occupant de la chambre voisine entrer et parler avec quelqu'un qu'elle supposa être son valet.

Sans doute était-ce quelqu'un qui était venu assister aux courses. Pour quelle autre raison, en effet, un homme de la haute société passerait-il la nuit dans une auberge de campagne?

Torilla se rappelait fort bien que les auberges étaient pratiquement désertes lors de leur voyage vers le nord, deux ans auparavant avec son père. Il n'y avait que des voyageurs de commerce ou des fermiers, des gens qui circulaient pour des raisons professionnelles et qui n'avaient pas une conversation très intéressante.

Or, ce jour-là, Torilla regarda avec stupeur tous les gentilshommes élégants venus assister aux courses et qui emplissaient l'auberge. Elle ne pouvait détacher ses regards des costumes raffinés et dernier cri que portaient certains. Il y avait si longtemps qu'elle n'avait plus vu de ces hautes cravates de mousseline blanche aux nœuds compliqués, ni de ces pantalons impeccables de couleur claire qui tombaient si bien, ni de ces hautes bottes luisantes comme des miroirs. Elle était éblouie.

Depuis deux ans, elle ne voyait que le sévère habit noir de son père ou les haillons des malheureux mineurs.

Jamais elle n'aurait pu imaginer qu'un homme aussi élégant que l'était sir Joscelyn pût se conduire comme il venait de le faire...

On fit réveiller les voyageurs de la diligence à 5 h 30, le lendemain matin. Une servante frappa à la porte de Torilla en annonçant brièvement :

– Votre petit déjeuner vous attend, mademoiselle.

Mais Torilla était éveillée depuis un bon moment déjà.

Après un sommeil lourd de quelques heures, elle avait plutôt mal dormi. Et, dès l'aube, elle s'était réveillée en sursaut avec l'impression terrifiante que sir Joscelyn se jetait sur elle et qu'elle se débattait sans pouvoir lui échapper.

En ouvrant les yeux, sa première pensée avait été : « Plus tôt je serai partie d'ici, mieux ce sera! »

Elle s'habilla et se prépara en hâte. Et tout en rangeant sa chemise de nuit dans le sac de voyage, elle se rassurait en se répétant : « Ce n'est guère probable que les gens qui sont venus ici pour les courses se lèvent d'aussi bonne heure. »

Néanmoins, quand elle fut en bas dans la salle de l'auberge, pendant le petit déjeuner insipide que l'on servait aux voyageurs de la diligence, elle ne quitta pas la porte des yeux dans la crainte de voir apparaître sir Joscelyn.

Ce ne fut que longtemps après, lorsque la diligence fut sur la route, et à bonne distance de l'Auberge Peligan, qu'elle respira. Poussant un immense soupir de soulagement, Torilla se dit qu'elle n'était pas près d'oublier la leçon qu'elle venait d'avoir.

Le marquis savoura tranquillement le plantureux petit déjeuner, composé de plusieurs plats savamment cuisinés, qui lui fut servi dans son salon particulier et ne quitta l'auberge qu'à 9 h 30. Les chevaux avaient été changés et son nouvel attelage piaffait, impatient comme lui de prendre la route.

C'était une belle journée ensoleillée, sans brume matinale; mais le fond de l'air était frais. Cependant le soleil montait peu à peu et l'atmosphère se réchauffait : quelque chose dans l'air annonçait l'été et réjouissait le marquis.

Avant de partir, pendant que Jim rassemblait ses affaires dans son coûteux sac de voyage en cuir, le marquis était allé voir ce qui se passait dans la chambre voisine. La porte était ouverte et il avait vu la chambre vide. Il se rappela alors avoir entendu de légers bruits, très tôt le matin, à travers son sommeil.

On avait fait si peu de bruit qu'il ne s'était pas vraiment réveillé, il s'en souvenait maintenant. Si elle était partie si tôt, c'est que la jolie jeune fille qu'il avait secourue la veille au soir devait faire partie du groupe des voyageurs qui avaient pris la diligence.

Le marquis savait que les diligences partaient

toujours à 6 heures du matin. Quant aux autres occupants de l'auberge, venus là pour assister aux courses, il était évident qu'ils ne partiraient pas ce jour-là. Sir Joscelyn faisait partie de ce lot, et comme il n'avait aucune envie de le rencontrer, le marquis ne flâna pas dans la cour quand il descendit à sa voiture. Il y avait beaucoup d'animation, encore plus que la veille. De tous côtés, on attelait des chevaux aux phaétons, chaises de poste, calèches et cabriolets qui attendaient là.

Les valets d'écurie et les laquais s'interpellaient. Les chevaux hennissaient. Et l'aubergiste courait de tous les côtés au milieu de ce hourvari avec ses notes à la main : il en avait une si grosse liasse qu'il avait passé la nuit à les préparer.

Le marquis distribua de généreux pourboires. Il était pressé de monter dans son phaéton et d'être sur la route avant qu'elle ne soit encombrée par la circulation intense qu'il y avait lieu de prévoir; car il avait, lui, une très longue distance à parcourir jusqu'à sa prochaine halte.

Il se sentait très en forme et la journée s'annonçait bien. Il fut très satisfait du premier repas pris en cours de route dans une auberge où Harris avait commandé son déjeuner en passant le matin, comme ils en étaient convenus ensemble : la cuisine était excellente et le vin blanc que lui avait servi l'hôte, remarquable.

Il en avait donc acheté plusieurs caisses avec ordre de les expédier chez lui : il était très content d'enrichir sa cave, déjà fort bien pourvue. Il se réjouissait de faire goûter cet excellent vin au prince de Galles, un connaisseur en la matière.

Tout en excitant ses chevaux, il se mit à projeter

un joyeux petit dîner pour cette occasion : il établissait mentalement le menu et la liste des vins sans compter celui qu'il venait d'acheter et, bien entendu, le champagne dont le prince raffolait.

Quand il eut laborieusement et minutieusement établi le choix de ses invités et le menu, il se souvint enfin de Beryl : Beryl, sa fiancée!

Avec perplexité, il se demanda si sa future épouse s'attendait ou non à figurer obligatoirement parmi ses invités, même quand il organiserait un dîner d'hommes. Quant à lui, il estimait que la présence d'une femme était très désagréable dans un dîner consacré à la bonne chère et au bon vin!

Il se promit donc de faire comprendre tout de suite à Beryl que, chaque fois qu'il aurait envie d'organiser un repas de célibataires, elle devrait prendre ses dispositions et sortir de son côté.

Bien résolu à prendre cette mesure nécessaire à son bonheur, il pensa brusquement à sa mère et à la déception qu'elle avait manifestée en apprenant qu'il avait choisi d'épouser une femme dont il n'était pas épris.

Il s'était bien douté que sa mère éprouverait une certaine tristesse en apprenant son intention de se marier. C'était inévitable. Mais il ne pouvait s'empêcher de remarquer, après coup, que la marquise douairière avait montré plus de regrets que prévu.

Le regard déçu, la tristesse de la voix de sa mère le poursuivaient. Il finit par se dire avec optimisme :

« Bah... quand elle me verra enfin marié, elle sera heureuse quand même! Et lorsque nous aurons des enfants, elle n'y pensera plus : elle sera trop contente de pouvoir les choyer et les dorloter! »

Mais brusquement, et pour la première fois depuis ses fiançailles, il s'avisa qu'il ignorait absolument si Beryl souhaitait tant que cela être rapidement mère de famille. En fait, la vie qu'avait menée cette jeune fille ne l'avait en rien préparée à la maternité : « Y songe-t-elle seulement? » se demandait-il avec la plus grande perplexité.

En effet, Beryl était, comme il l'avait décrite à sa mère, une fille ravissante qui aimait manifestement la vie mondaine dans laquelle elle brillait particulièrement : elle savait s'amuser et était l'âme de toutes les réceptions.

Ainsi, était-elle toujours entourée d'une cour d'admirateurs qui l'adulaient et s'esclaffaient au moindre de ses propos, la flattaient sans mesure, la faisant passer pour beaucoup plus spirituelle et intelligente qu'elle ne l'était réellement.

Tout cela était fort loin et bien étranger aux préoccupations maternelles... Cependant, le marquis se rassurait en se répétant :

« Nous avons les mêmes goûts. Nous aimons les mêmes choses et le même genre de vie : c'est parfait! »

Il se sentait tout à fait certain, au fond de lui-même, que c'étaient là les meilleurs critères pour une union solide et durable.

Il était déjà assez tard, l'après-midi était fort avancé, et il lui restait encore une bonne distance à parcourir avant de parvenir à l'Auberge de St. George et du Dragon où il devait passer la nuit.

Soudain, après un virage brusque de la route

bordée de haies épaisses qui limitaient la visibilité, il s'aperçut que la route était bloquée un peu plus loin par un accident qui sans doute venait de se produire. Il tira aussitôt sur les rênes pour faire ralentir ses chevaux qui galopaient bon train et avertit son valet d'un ton bref :

– Un accident! Attention!

– C'est la diligence, observa Jim.

Ils s'approchèrent au pas. On comprenait tout de suite ce qui s'était passé : la diligence était couchée sur le côté de la route. Elle avait dû entrer en collision avec un cabriolet attelé à deux chevaux qui, galopant trop vite, n'avaient pu être retenus.

Par chance, la haie qui bordait la route avait empêché la diligence de se retourner complètement. Mais tous les bagages arrimés sur son toit avaient été éjectés et s'étaient répandus sur la route. Un énorme couffin qui renfermait des poulets ayant été éventré, des dizaines de volailles erraient partout en piaillant à tue-tête.

A leurs cris aigus, s'ajoutait le bêlement lamentable d'un mouton affolé qui était enfermé dans un sac. Les femmes hurlaient et les hommes juraient à pleins poumons. Le conducteur de l'autre véhicule, un gentilhomme d'âge mûr, semblait furieux et invectivait le cocher de la diligence; et ce dernier, avec le renfort du postillon accouru à son aide, lui rendait injure pour injure.

C'était un brouhaha indescriptible. Le marquis observait ce tumulte d'un air amusé, du haut de son siège. Puis, comme il n'était évidemment pas question de passer, et que personne ne semblait songer à déblayer la route, il confia les rênes à son valet et sauta à terre.

Il le fit sans la moindre hâte, avec sa nonchalante élégance habituelle, et se dirigea tout droit vers les hommes qui se querellaient. Sa voix forte et autoritaire arrêta net les vociférations :

– Allez tout de suite vous occuper de vos chevaux, bande de fous!

Le cocher de la diligence et le propriétaire du cabriolet se retournèrent et le regardèrent avec stupéfaction.

– Vos chevaux, que diable! répéta le marquis.

Les deux hommes obéirent avec une soumission surprenante. Toujours impassible et efficace, le marquis s'adressa alors aux voyageurs de l'impériale qui avaient été projetés sur le sol et à ceux qui étaient encore à l'intérieur du lourd véhicule. Tous se penchaient pour regarder, mais aucun n'avait cherché à en sortir, jugeant la chose impossible, la diligence étant couchée sur le côté.

Le marquis leur ordonna brutalement :

– Tout le monde dehors! On ne peut pas redresser la diligence tant que vous êtes dedans! Sinon vous resterez là toute la nuit!

Son ton de commandement en imposa immédiatement aux voyageurs qui se mirent à la tâche avec énergie.

La première personne qui sortit fut une grosse fermière. Elle sanglotait :

– Mes poulets! mes poulets! les pauvres... ils doivent avoir été écrasés!

Il fallut, pour la faire taire, retrouver un panier à couvercle dans lequel elle transportait quelques vieux poulets pour les vendre au marché.

Dès qu'elle mit pied à terre, elle s'écria d'une voix stridente :

– C'est une honte de conduire aussi mal! Une honte! Il faut faire quelque chose pour que les cochers changent! Ces cochers de diligences sont abominables!

– Je suis entièrement de votre avis, madame! lui dit calmement le marquis quand elle passa devant lui.

Tandis qu'elle se précipitait sur la route pour courir après ses poulets, le marquis eut l'attention attirée par un homme âgé qui fulminait de colère et prétendait avoir tous les os brisés.

Le marquis continuait à observer les voyageurs au fur et à mesure que les sauveteurs bénévoles les faisaient sortir du véhicule. Trois hommes sans grand intérêt apparurent.

La jeune fille à laquelle il pensait vint la dernière. Il vit enfin son joli visage ovale. Elle ouvrait de grands yeux effrayés sous son petit chapeau de paille mal en point.

Torilla sauta à terre avec tant de souplesse et de légèreté qu'elle eut à peine besoin des mains qui s'étaient tendues vers elle pour l'aider. Dès qu'elle fut sur le sol, elle releva la tête et vit le marquis.

Ses yeux s'ouvrirent tout grands, tant elle était étonnée. Le rose envahit ses joues pâles, tandis qu'il retirait son grand chapeau et en balayait le sol pour la saluer, tout en lui disant d'un ton enjoué :

– Et voici que nous nous rencontrons de nouveau, miss Clifford!

Torilla ne trouvait pas ses mots. Elle se sentait troublée par ce hasard, intimidée, étrangement désorientée.

Il l'observa, comme tout bon dandy de l'époque, en laissant filtrer son regard à travers ses longs cils, les paupières presque closes. Mais il n'ajouta rien et repartit s'occuper du déblaiement de la route.

Les deux chevaux du cabriolet étaient enfin maîtrisés. On put les faire manœuvrer sans risque. Le marquis donna l'ordre au gentilhomme qui les conduisait de reprendre sa route sur-le-champ.

Mais celui-ci le prit à témoin :

– Je vais réclamer de gros dommages à la Compagnie des Diligences. Mon cabriolet a été abîmé, je vous l'affirme!

Il semblait très en colère et parlait d'un ton aigre. Mais le marquis lui répondit d'un ton narquois :

– Essayez toujours, mais je doute fort que vous obteniez quoi que ce soit.

Le gentilhomme s'entêtait :

– Enfin, le cocher est complètement ivre! C'est absolument indiscutable!

Le marquis haussa les épaules :

– Ils le sont toujours! dit-il avec fatalisme.

Puis, imperturbable, il s'éloigna en affichant l'ennui et le dédain que cette conversation lui inspirait.

Tout un côté de la route étant libéré par le départ du cabriolet, rien n'empêchait plus le marquis de reprendre son voyage. Mais il estimait que sa tâche n'était pas terminée : il voulait encore obliger les voyageurs à remettre le lourd véhicule sur ses roues.

Pendant que tous les hommes s'acharnaient à pousser et à tirer, il admonesta le cocher :

– Tâchez de conduire moins vite à l'avenir! lui enjoignit-il d'un ton sévère.

L'homme avait le visage cramoisi. Il avait bu plus que de raison : c'était évident, même s'il n'était pas complètement ivre. Néanmoins, le marquis voulut atténuer la sévérité de la semonce et lui donna une guinée en pourboire.

L'effet fut instantané : le cocher redevint tout sourire et se mit à plaisanter gaiement.

La diligence avait enfin été remise sur ses roues, les poulets récupérés et enfermés dans leurs paniers. Le mouton bêlait toujours plaintivement, bien qu'il soit sur pied dans son sac et au-dessus de tous les bagages pour qu'il puisse respirer convenablement. Et les voyageurs regagnaient peu à peu leurs places respectives.

Le marquis avait attendu cet instant avant de revenir vers Torilla qui se tenait au bord de la route, un peu à l'écart des autres voyageurs, sans parler à personne.

– Savez-vous où vous devez vous arrêter pour passer la nuit? lui demanda-t-il d'un ton détaché.

– Dans une auberge qui s'appelle St. George et le Dragon, répondit la jeune fille sans hésiter.

Il prit son air le plus naturel pour annoncer avec assurance :

– Bon! Dans ce cas, je vais vous emmener dans ma voiture, puisque c'est également là que j'ai prévu de m'arrêter ce soir.

Torilla se mit à regarder de tous côtés d'un air éperdu. Son regard allait de la diligence au marquis, et du marquis à son phaéton, avec une sorte d'affolement. Elle finit par balbutier en rougissant :

– Ce serait très agréable, mais... mais je...

Le marquis l'interrompit, d'un ton sans réplique :

– Il n'y a pas de « mais » qui tienne! Mon valet est un chaperon tout à fait suffisant! Vous arriverez beaucoup plus vite et plus confortablement à bon port que dans cette vieille guimbarde aux essieux qui craquent.

Elle sourit malgré elle, et il comprit qu'il avait chassé ses scrupules. Elle se baissa pour prendre son sac de voyage, posé par terre à côté d'elle.

– Laissez-moi cela! s'écria-t-il.

Il la conduisit vers le phaéton et l'aida à monter sur le siège. Puis il fit le tour du véhicule et s'empara des rênes pour que Jim puisse descendre et lui donner sa place sur le siège où l'on ne pouvait tenir qu'à deux.

Le valet s'empara de la valise et reprit sa place sur le siège à l'arrière du phaéton. Quelques instants plus tard, ils filaient sur la route. A l'allure que le marquis fit prendre à ses bêtes, ils furent rapidement très loin du lieu de l'accident.

Le marquis accordait toute son attention à la route et conduisait ses chevaux sans prononcer une parole. Torilla lui jetait des regards discrets, et l'observait, ne sachant trop que penser: elle le trouvait très imposant et d'une extraordinaire beauté. Jamais elle n'avait vu un homme aussi beau et il l'effrayait un peu, sans qu'elle sût pourquoi.

Désorientée et troublée, elle l'examinait pour découvrir la raison de ses sentiments: peut-être était-ce son port de tête, fier et arrogant? Ou l'expression de son visage: il avait l'air si orgueilleux, si dédaigneux, comme s'il se jugeait supérieur à tous.

Torilla remarqua les deux rides méprisantes qui sillonnaient ce beau visage au profil grec, des ailes du nez aux commissures des lèvres; et elle se demanda si c'était là la marque d'un homme cynique ou blasé.

Puis, tout à coup, la jeune fille prit conscience de sa terrible naïveté, de son manque d'expérience et de sa jeunesse. Soudain, elle regretta de ne plus être en sécurité dans la diligence et de voyager seule avec un inconnu.

Mais il tourna la tête et lui sourit. Alors, toutes ses craintes s'envolèrent comme par miracle; et elle eut l'impression irraisonnée qu'un rayon de soleil l'enveloppait brusquement.

– Ça va? lui demanda-t-il gentiment.

– Vos chevaux sont merveilleux, monsieur! répondit-elle avec enthousiasme.

– Vous me faites grand plaisir en me le disant!

– Je crois ne jamais en avoir vu d'aussi magnifiques, excepté ceux que vous aviez hier.

Le marquis lui jeta un regard surpris. Mais elle lui expliqua très simplement :

– J'aime énormément les chevaux : c'est une passion! Aussi, ce matin, pendant que nous attendions le départ de la diligence, à l'auberge, je suis allée faire un tour dans les écuries. Comme j'admirais vos quatre superbes bai-brun, un valet m'a dit qu'ils appartenaient à sir Alexander Abdy.

Comme il ne disait rien, elle demanda :

– C'est bien vous, n'est-ce pas, monsieur?

– C'est mon nom, acquiesça-t-il.

– Mais je voudrais vous remercier encore, murmura-t-elle d'une toute petite voix.

Il l'interrompit aussitôt :

– N'y pensez plus! Il est inutile de reparler d'un incident sans intérêt et sans conséquence. En revanche, j'aimerais beaucoup connaître votre nom!

– Torilla Clifford.

Le marquis répéta :

– Torilla? Tiens! voilà un prénom que je n'ai encore jamais entendu! Il vous va très bien en tout cas.

Elle rougit et le marquis, s'en étant aperçu, se dit qu'il faudrait faire très attention à ce qu'il lui dirait, s'il ne voulait pas l'effaroucher. Ainsi le compliment qu'il venait de lui faire, bien qu'anodin, l'avait embarrassée.

Il n'avait pas du tout l'habitude des jeunes filles. Néanmoins, il se rendait compte que Torilla était une fille assez exceptionnelle, tant par son caractère que par sa beauté. « Non! se disait-il en son for intérieur, je ne me suis pas trompé la nuit dernière : elle n'est pas seulement exceptionnellement belle, elle a quelque chose de plus et est dotée d'une très grande sensibilité. »

Il songeait qu'il n'avait jamais trouvé cette qualité chez aucune des jeunes filles qui s'efforçaient de lui plaire, notamment durant son précédent voyage, lors de ses nombreuses haltes dans les familles aristocratiques.

Il entama une conversation agréable avec Torilla, parlant de ses chevaux, de leurs origines, de leur reproduction. Il était tout étonné de constater que Torilla, contrairement aux femmes dont il avait l'habitude, ne cherchait nullement à se mettre en avant, mais s'intéressait à tout ce qu'il lui disait.

Elle lui posa, de plus, diverses questions qui montraient qu'elle ne se contentait pas d'aimer les chevaux, mais avait indubitablement étudié les particularités des espèces que l'on faisait courir. Il commençait à se demander qui pouvait bien être cette jeune fille et d'où elle venait. Il se sentait hautement intrigué.

Il ne pouvait évidemment pas savoir que le comte de Fernleigh était l'oncle de Torilla, qu'il possédait une écurie de courses, et que Torilla et Beryl avaient passé leur enfance dans les écuries à commenter avec les palefreniers la valeur des chevaux qui gagnaient toutes les grandes épreuves en Angleterre.

Mais ils n'avaient pas un très long trajet à faire pour arriver à la fameuse auberge à l'enseigne de St. George et le Dragon. C'était un très ancien relais de poste, au passé historique, et qui avait appartenu à une bande de brigands. Lorsque la vieille bâtisse apparut devant eux, le marquis se pencha vers Torilla :

– Puisque nous faisons relais ici, tous deux, miss Clifford, puis-je me permettre de vous demander de me faire l'honneur de dîner avec moi ce soir?

Elle leva un regard surpris vers lui et il s'empressa d'ajouter immédiatement :

– J'ai retenu un salon particulier. Et je suis certain que l'on me servira un repas bien meilleur que celui qui est donné aux voyageurs de la diligence.

Torilla lui répondit en souriant :

– Ce ne sera pas difficile, si j'en juge par ce qui nous a été servi hier!

– Alors? C'est dit? Vous dînez avec moi.

Mais l'expression des yeux bleus qui se posaient sur le marquis était pleine de trouble et d'inquiétude :

– J'ai peur que ce soit mal, murmura-t-elle d'un ton plein de regrets.

– Mal? Mais pourquoi?

– Eh bien : je voyage seule... Et je ne sais pas... vraiment pas... si c'est correct de ma part d'accepter... de dîner avec quelqu'un qui ne m'a pas été présenté.

Torilla parlait d'un ton hésitant et elle le regardait comme si elle avait peur qu'il se moque d'elle.

Le marquis prit un ton rassurant, presque solennel :

– Oh! Miss Clifford, étant donné les circonstances tout à fait exceptionnelles qui nous ont permis de nous rencontrer, j'estime que nous pouvons considérer que nous avons été présentés l'un à l'autre! En outre, si vous dînez avec moi, cela vous évitera d'être importunée par le premier venu!

Il comprit qu'il avait trouvé le bon argument en voyant Torilla frissonner à ce mauvais souvenir. D'ailleurs, elle lui répondit spontanément :

– Oh! j'aimerais bien mieux être avec vous!

– Alors, voilà qui est dit! s'exclama le marquis d'une voix enjouée.

Puis il précisa :

– J'espère que vous ne trouverez pas que je dîne trop tard : je prends ce repas à 7 h 30. Cela vous laissera le temps de vous reposer.

– Merci! Oh! Merci beaucoup! s'écria Torilla d'une toute petite voix émue.

Ils pénétrèrent à ce moment dans la cour de l'auberge. Le marquis expliqua immédiatement la raison de la présence de Torilla dans sa voiture à l'aubergiste qui s'était précipité au-devant de lui en faisant mille courbettes.

– La diligence a eu un accident à quelques kilomètres d'ici. J'ai recueilli miss Clifford qui voyageait dedans et l'ai amenée dans mon phaéton. Vous voudrez bien avoir l'amabilité de veiller à ce qu'elle ait une bonne chambre.

– Mais certainement, certainement, monsieur! s'empressa de répondre l'hôte qui s'inclina avec obséquiosité, non seulement devant le marquis, mais aussi devant Torilla.

On la conduisit dans une chambre, au premier étage, et elle devina qu'elle était bien plus confortable que celles habituellement dévolues aux voyageurs de la diligence.

Tout en se déshabillant pour se reposer un moment, comme le lui avait suggéré le marquis, Torilla pensait à lui et se répétait : « Il est vraiment très bon! »

Elle était tellement fatiguée après la nuit terrifiante de la veille qu'elle s'endormit profondément dès qu'elle fut allongée sur le lit. Elle ne se réveilla que lorsque la servante lui apporta un broc d'eau chaude : il était 7 heures.

Elle se leva bien vite, se lava avec plaisir, puis décida de s'habiller le mieux possible pour dîner avec celui qu'elle appelait sir Alexander. Elle ne pouvait pas garder la robe avec laquelle elle avait voyagé. Elle sortit donc de son sac une petite robe en mousseline de mauvaise qualité qui avait été cousue par Abby. Elle pensa bien que ce n'était en rien le genre de toilette que les invitées habituelles de sir Alexander portaient le soir. Mais elle n'avait rien d'autre.

Elle l'avait mise dans son sac de voyage, car elle était usée et trop peu élégante pour être portée au château de Fernleigh. Elle était d'un joli bleu pâle et Abby l'avait garnie de rubans bleus et de ruchés de mousseline blanche autour du cou et des poignets.

Torilla regrettait, en cet instant, de ne pas avoir sous la main l'une des robes du soir de sa mère qui étaient dans ses bagages. Puis elle se consola, en se disant que sa toilette n'avait pas la moindre importance pour sir Alexander.

Cet homme était, de toute évidence, un grand de ce monde et l'avait invitée, pensait-elle sagement, par bonté et par pitié pour sa frayeur de la nuit précédente. Par conséquent, il n'attacherait aucune importance à la robe d'une personne aussi insignifiante qu'elle. « La seule chose qui importe, conclut-elle avec logique, c'est de ne pas l'ennuyer par mes propos. Il ne faut pas que je lui parle de choses qui ne l'intéressent pas! Il faudra que je fasse très attention à tout ce que je pourrai dire... », décida-t-elle en se souvenant des conseils que lui avait prodigués Abby à ce sujet avant son départ.

Elle s'était heureusement aperçue qu'ils avaient au moins un sujet d'intérêt commun : les chevaux; et cela la rassurait en partie.

Elle brossa ses longs cheveux blonds pour les faire briller, et décida qu'il était temps de descendre. En bas de l'escalier, l'aubergiste l'attendait. Il s'inclina, en lui demandant d'un ton respectueux :

– Vous dînez avec sir Alexander, n'est-ce pas, madame ?

Et sans attendre la réponse, il conduisit Torilla tout au fond du couloir vers une porte qu'il ouvrit cérémonieusement devant elle.

La jeune fille se sentit très intimidée en pénétrant dans la pièce. Ce cabinet particulier n'était pas très grand. Mais, on voyait, au premier coup d'œil, qu'il était plaisant et confortablement meublé.

C'était une pièce agréable, avec ses grosses poutres de vieux chêne noirci par le temps et ses murs couverts de lambris sculptés.

Dans la grande cheminée, un feu crépitait joyeusement. Sur la table ronde, couverte d'une nappe d'une blancheur immaculée, le couvert était mis pour deux personnes. Il y avait un seau plein de glaçons dans lequel refroidissaient plusieurs bouteilles de vin.

Torilla s'attendait à ce que son hôte soit d'une grande élégance. Car elle avait été subjuguée par la coupe de son habit de voyage taillé dans un merveilleux whipcord très fin, par le nœud savant de sa cravate de mousseline et par la manière dont il portait son haut chapeau incliné sur ses cheveux bruns.

Mais elle fut littéralement sidérée par l'élégance de cet homme, en tenue de dîner, qui l'attendait dans le petit salon. Elle n'avait jamais pensé qu'un homme pût être d'une aussi magnifique élégance et elle resta un moment à le regarder, muette d'admiration.

Elle finit par se reprendre et, se souvenant enfin des bonnes manières, elle fit une petite révérence très correcte. Le marquis s'inclina et lui indiqua le fauteuil qui était auprès de la cheminée :

– Venez, venez, miss Clifford; j'espère que vous vous êtes bien reposée?

– Je me suis endormie! avoua Torilla.

– Alors, vous devez être comme moi, et avoir hâte de dîner! Puis-je vous offrir un verre de madère auparavant?

– Je n'ose pas en prendre... je n'ai pas bu d'alcool depuis deux ans. Je ne sais si c'est raisonnable, répondit-elle très vite, en se souvenant aussitôt du temps où sa mère lui permettait de boire deux ou trois petites gorgées de madère dans son verre.

Mais le marquis lui souriait avec indulgence :

– Dans ce cas, je vous en donne très peu, dit-il en lui tendant un verre.

Quand elle trempa les lèvres dans le liquide savoureux, son parfum lui rappela les jours de bonheur qu'elle avait connus dans leur maison du Hertfordshire, du vivant de sa mère, quand il n'était pas question de privations, de restrictions et d'économies comme à Barrowfields. Ses parents buvaient du vin à tous les repas, et ils se régalaient tous de poulets rôtis, de pigeons et de belles pièces de bœuf saignant; elle s'en souvenait avec nostalgie.

Pourtant Torilla chassa ces images : elle était bien résolue à suivre les bons conseils d'Abby. Ce soir, il lui fallait absolument oublier ce qu'elle avait laissé derrière elle.

Cependant, quand l'aubergiste leur apporta, avec l'aide de deux servantes en bonnet blanc, les divers plats de leur repas qui lui parut un festin gigantesque, elle ne put s'empêcher de penser à tous les petits enfants de Barrowfields qui mouraient de faim là-bas, au village. Leurs joues creuses et leurs regards affamés la hantaient.

Mais elle fit un effort et chassa résolument ces tristes souvenirs de son esprit, et elle parvint à se régaler de tous les mets qui lui furent présentés, bien qu'incapable d'en manger aussi copieusement que son hôte.

L'aubergiste venait de leur servir un admirable turbot en sauce, en leur affirmant qu'il était aussi frais que s'ils le dégustaient sur la plage même, au sortir de la mer. Dès la première bouchée, le marquis lui demanda avec intérêt :

– Parlez-moi un peu de vous!

Mais Torilla esquiva la réponse en déclarant :

– Je préférerais parler de vos chevaux, monsieur. Vous m'avez dit avoir une écurie de courses : avez-vous l'intention de participer aux grandes épreuves de la saison?

Et elle avait parfaitement réussi à détourner la conversation. Le marquis se lança dans un discours passionné et lui fit part de son espoir de remporter la Coupe d'Or à Ascot. Il s'étendit longuement sur les qualités des chevaux des écuries rivales qui pouvaient lui ravir la victoire.

Ensuite il parla de ses étalons et de ses juments arabes qui venaient d'arriver de Syrie, puis des chevaux hongrois que sa mère admirait tant.

Il parlait d'une voix calme, d'un ton détaché, presque paresseux, en laissant retomber langoureusement les paupières, comme la mode l'exigeait. Mais Torilla ne s'y trompait pas et comprenait parfaitement tout ce que ses chevaux représentaient pour cet homme.

Puis, brusquement, il ramena la conversation sur un plan plus personnel et dit, revenant habilement à son interlocutrice :

– Je présume que vous devez bien monter.

– Mais je n'ai pas monté depuis deux ans! Oh! dites-moi, je vous en prie, le nom du cheval que vous comptez engager dans le Prix de Saint-Léger :

que je puisse, au mois de septembre, regarder dans les journaux s'il a gagné.

Le marquis accepta docilement le changement de sujet de conversation. Mais il était très intuitif et avait compris que ces « deux dernières années », mentionnées à plusieurs reprises par Torilla, avaient une signification toute particulière dans sa vie.

Il avait également compris qu'elle ne voulait pas parler d'elle, à la manière dont elle s'arrangeait pour l'empêcher de lui poser des questions trop personnelles.

Comme il ne voulait pas l'inquiéter, il s'était bien gardé d'insister ouvertement; mais il observait très attentivement les changements d'expression du regard très mobile et très émotif de la jeune fille. Il se plaisait, d'ailleurs, à admirer ses yeux immenses et d'une beauté extraordinaire.

A la fin du repas, le marquis recula sa chaise et se carra contre le dossier pour savourer confortablement un verre de porto qu'il réchauffait dans le creux de sa main. Il se sentait songeur : jamais, jusqu'à ce jour, il ne lui était encore arrivé de passer tout un dîner à ne parler que de lui-même, et ce, en présence d'une femme. Or, il venait de le constater avec stupeur, c'est ce qu'il venait de faire ce soir-là avec Torilla.

Toutes les femmes, dont il avait recherché la compagnie pour peupler agréablement ses heures de loisirs, se mettaient en vedette, ramenaient sans cesse la conversation sur leur petite personne, tout en faisant grand cas de leurs relations avec lui, évidemment. Mais elles devenaient intarissables sitôt qu'il était question de leurs sentiments et de leurs émotions personnelles, c'est-à-dire en général de leurs ambitions. Et elles étaient capables de les décrire pendant des heures sans s'arrêter.

A force de découvrir une personnalité toute différente chez Torilla, le marquis se sentait très intrigué; et il se dit :

« Il y a un mystère dans la vie de cette jeune fille... »

Quand ils se levèrent de table pour aller s'asseoir dans les fauteuils placés de part et d'autre du foyer, auprès de la petite table sur laquelle l'aubergiste avait posé le flacon de porto, il était bien décidé à percer ce mystère. Aussi attaqua-t-il directement, mû par sa curiosité :

– Vous descendez vers le sud, sans doute pour vous fiancer ou pour vous marier? demanda-t-il soudain à Torilla.

– Non! Oh! pas du tout!

– Voilà une réponse bien affirmative! Pourtant, je suis persuadé que des dizaines de garçons vous font une cour empressée!

Mais Torilla souriait obstinément :

– Actuellement, il n'y en a pas un seul!

Le marquis haussa les sourcils. Il était stupéfait!

– N'y aurait-il donc aucun homme dans le pays d'où vous venez, par hasard? Ou bien sont-ils tous aveugles?

Torilla rougit violemment. Une lueur amusée passa dans les yeux du marquis, puis il se décida à lui dire d'un ton sérieux, mais avec sa voix si chaleureuse :

– Vous êtes très jolie pourtant et vous ne devez

pas l'ignorer : vous vous regardez tout de même bien dans votre miroir !

Torilla détourna la tête et fixa les flammes du regard sans lui répondre. Elle serrait fort ses mains comme quelqu'un d'inquiet.

Voyant son appréhension, il jugea prudent de changer de sujet et demanda :

– Dans quelle auberge devez-vous vous arrêter demain soir ?

– Ce doit être à Eaton Socom, à l'Auberge du Cerf Blanc.

– Quel dommage ! Je ne pourrai donc pas vous inviter à dîner demain, car je quitte la route avant Eaton Socom.

Il n'en était pas absolument certain, mais il avait eu l'impression d'apercevoir, dans les yeux de Torilla, une lueur fugitive de déception. Néanmoins, il s'empressa de lui dire très gentiment :

– Il faudra faire bien attention à vous, être très prudente, puisque je ne serai plus là pour veiller sur vous ! Bien qu'il soit fort possible, après tout, qu'il m'advienne de vous porter secours une autre fois – qui sait ? – puisque l'on dit toujours : « jamais deux sans trois » !

– J'espère bien que non ! se récria vivement Torilla.

Mais elle rougit de confusion en se rendant compte que cette exclamation pouvait ne pas paraître très aimable pour sir Alexander. Aussi corrigea-t-elle bien vite :

– Ce n'est pas ce que je voulais dire... Enfin... je voulais seulement dire que tous ces accidents et mésaventures sont peu souhaitables et assez effrayants.

Puis elle se tut, ne sachant comment s'en tirer.

– Bien sûr : ce sont des choses très désagréables! Et c'est bien pourquoi vous ne devriez pas voyager toute seule, vous savez!

– Je ne pouvais pas faire autrement. Personne ne pouvait m'accompagner.

– Personne? Vraiment? s'étonna le marquis.

Elle secoua la tête pour ne pas avoir à donner d'explications; puis, toujours pour éviter d'être questionnée, elle déclara d'un ton résolu :

– Je crois qu'il commence à se faire tard, monsieur, et que je devrais raisonnablement me retirer, car je dois me lever de très bonne heure demain matin.

Elle s'était levée et le marquis en fit autant. A côté de la jeune fille menue, il paraissait encore plus grand : il la dominait, et elle dut lever la tête pour le regarder.

Elle le trouvait vraiment très imposant, mais pensait en même temps avec émerveillement qu'elle n'avait jamais vu un homme aussi beau.

Soudainement intimidée de nouveau, elle dit très vite, pour cacher sa confusion :

– Comme je pense que nous ne nous reverrons jamais, monsieur, je tiens à vous exprimer toute ma gratitude. Je vous remercie du fond du cœur pour votre bonté, pour tout ce que vous avez fait pour moi. Dire que, si vous n'aviez pas été là la nuit dernière...

Elle n'acheva pas et détourna son regard avec un petit frisson de terreur rétrospectif.

– Mais j'étais là, Torilla! Et j'espère bien que nous

nous rencontrerons un jour ou l'autre! s'exclama-t-il avec beaucoup de chaleur.

Il lui tendit la main, tout en parlant, et elle lui abandonna la sienne. Il la serra avec force, et Torilla en éprouva une impression bizarre. Elle se sentait de plus en plus intimidée et troublée. Elle ne savait plus quoi dire et répéta un peu au hasard :

– Merci... Merci... Je voudrais pouvoir vous exprimer mieux toute ma reconnaissance...

– Si vous tenez à m'exprimer votre reconnaissance, il y a un moyen bien facile de le faire, dit-il en la regardant d'un air attendri.

Torilla leva la tête et le fixa d'un air interrogateur, ne comprenant pas où il voulait en venir.

Il abandonna la main de Torilla qu'il tenait toujours dans la sienne pour lui prendre le menton entre ses doigts. Et la jeune fille se sentit soudainement incapable de faire un mouvement. Elle restait immobile, figée sur place, en attente, ne sachant ce qui allait arriver, toute volonté abolie.

Un instant après, et sans qu'elle eût fait un mouvement, il referma ses bras sur elle et posa ses lèvres sur les siennes.

Elle était tellement étonnée qu'elle avait l'impression d'avoir cessé de respirer. Jamais elle ne se serait attendue à ce geste. Et pourtant, elle ne bougeait pas!

Elle essayait bien de se dire qu'elle aurait dû se débattre, tenter de se sauver, de se soustraire aux baisers de cet homme... Mais elle ne fit pas un geste pour lui échapper. Elle était comme hypnotisée et ses lèvres captives étaient consentantes, malgré elle.

Mieux même, sous la chaude caresse des lèvres qui s'étaient emparées des siennes, elle éprouvait une sensation délicieuse, inconnue auparavant. Une nouvelle vie s'éveillait en elle, qui la faisait frissonner tout entière.

C'était si merveilleux qu'elle renonça à penser et s'abandonna à cet enchantement inconnu dont elle n'avait jamais même soupçonné l'existence.

Elle se sentait comme submergée; il lui semblait avoir cessé d'exister pour faire partie d'un autre être. Et quand il la serra plus fort contre sa poitrine, elle ne fit pas un mouvement. Elle avait l'impression d'être emportée dans les cieux et, dans cette extase, chacun des baisers du marquis la transperçait comme un coup de poignard. Pourtant, elle avait le sentiment de vivre au sein d'une véritable apothéose.

Torilla ne sut jamais combien de temps avait duré cette étreinte passionnée qui l'avait transportée loin du monde réel.

Elle avait l'impression de flotter au-dessus du sol, de voler dans l'espace, de ne plus sembler un être humain, mais un esprit, un être mythique, une sorte de nymphe..., d'avoir été changée magiquement.

Quand enfin le marquis releva la tête et détacha ses lèvres des siennes, il plongea au fond de ses yeux un regard émerveillé. Mais elle frissonna et se mit à trembler en revenant sur terre, reprenant conscience d'elle-même et de ce qu'elle faisait là.

Elle leva un visage radieux vers lui et le regarda émerveillée, haletante, les lèvres entrouvertes.

Brusquement, elle murmura quelques mots inintelligibles et recula, sans savoir exactement ce qu'elle faisait ni pourquoi. Elle tourna les talons et s'enfuit en courant si vite qu'il lui semblait avoir des ailes. Elle enfila ainsi tout le corridor et grimpa l'escalier pour aller retrouver le refuge inviolable de sa chambre.

3

Lorsqu'elle descendit de la diligence à Hartfield, Torilla aperçut immédiatement la voiture que son oncle lui avait envoyée. Et elle reconnut sans peine le laquais portant la livrée bleue à boutons d'argent qui s'avançait vers elle en souriant. Il retira son chapeau et dit avec un visage épanoui :

– Bonjour, miss Torilla! Comme cela fait plaisir de vous revoir ici!

– A moi aussi, cela me fait bien plaisir de vous revoir, Ned! Et je suis vraiment contente que vous soyez venu au-devant de moi, jusqu'ici! s'écria la jeune fille qui se sentait soulagée d'être enfin parvenue au terme de son voyage mouvementé.

– Sa Grâce lady Beryl va être bien contente : elle craignait que vous n'arriviez que demain; avec ces diligences, on ne sait jamais... Elles sont toujours en retard...

Il lança un regard méprisant au gros véhicule en prenant le sac de voyage de Torilla, puis il la conduisit vers le landau attelé de deux beaux chevaux nerveux qui attendaient sur la place.

Le cocher, que Torilla connaissait depuis longtemps, accueillit aussi la jeune fille avec effusion, tandis qu'elle s'empressait de monter dans la voiture si confortable de son oncle. Elle se laissa douillettement aller au fond des coussins moelleux, pendant que Ned s'occupait de récupérer sa malle et de l'installer dans le landau.

Elle savourait la joie de retrouver les choses d'autrefois, et ces commodités de l'existence, grâce à la présence des vieux domestiques qui s'occupaient de tout, comme dans son enfance.

Elle regrettait qu'Abby ne fût pas là, elle aussi, pour avoir le plaisir de constater avec quelle célérité respectueuse le postillon avait descendu sa malle pour la donner à Ned. Puis ils prirent la route sans perdre de temps. Le village de Fernford n'était qu'à trois kilomètres de Hartfield, là où l'avait déposée la diligence.

Pendant les deux dernières journées de son voyage, Torilla n'avait fait que penser à sir Alexander Abdy. Elle n'arrivait pas à fixer son attention sur autre chose!

Le soir où il l'avait embrassée, elle n'avait pas pu s'endormir. Elle avait passé toute la nuit, allongée dans le noir, à évoquer le bonheur de sentir ses bras l'étreindre et ses lèvres se poser sur les siennes.

Elle sentait qu'elle ne serait plus jamais la même jeune fille qu'auparavant, maintenant qu'elle savait ce que c'était qu'un baiser! Elle se rendait enfin compte qu'elle avait toujours été très loin d'en imaginer les délices, lorsqu'elle essayait de les deviner.

Certes, en grandissant, elle avait peu à peu commencé à comprendre qu'il y avait quelque chose de mystérieux et de poétique au-delà des apparences de la vie quotidienne et des choses familières qui l'entouraient. Elle l'avait un peu soupçonné dans son enfance, à travers les contes de fées que sa mère lui racontait ou lui lisait.

Elle avait toujours pressenti qu'un jour viendrait où elle comprendrait la signification des mystérieux élans intérieurs qui la bouleversaient. Torilla attendait, depuis toujours, quelque chose d'inconnu et de merveilleux : elle savait, aux émotions qu'elle ressentait lorsqu'elle regardait les rayons du clair de lune filtrer entre les branches et marquer les pelouses de grandes taches d'argent, ou quand elle admirait sans fin le soleil scintiller sur la surface des eaux, elle savait que ce quelque chose existait.

Mais il lui semblait que ce qu'elle attendait et espérait vaguement était inaccessible, et elle avait l'angoisse de ne jamais le connaître.

Or, le contact des lèvres du marquis lui avait révélé ce qu'elle attendait et cherchait. Elle avait connu l'extase ineffable d'un baiser d'amour.

Elle se sentait comblée, émerveillée au-delà de tout ce qu'elle attendait et imaginait!

Mais elle était heureuse de savoir que ce bonheur venait surtout de l'âme et de l'esprit. Une émotion comparable à celle qu'elle éprouvait quand elle priait avec ferveur à l'église, le matin très tôt, les jours où elle communiait dans l'éblouissement des flammes des cierges allumés sur l'autel.

Elle essayait en vain de s'expliquer ce qu'elle avait ressenti au fond d'elle-même, mais elle ne pouvait trouver les mots qui convenaient : une secrète partie d'elle-même était en jeu.

Elle se disait aussi, avec une certaine confusion, que maintenant elle appartenait en quelque sorte à cet homme qui l'avait embrassée. Et cela la troublait.

Toute la journée, pendant le voyage en diligence, elle avait remué ces pensées.

Mais le soir venu, dans la chambre d'auberge où elle devait passer la nuit, elle s'était interrogée sévèrement. Ne s'était-elle pas monté la tête? N'était-elle pas la proie de son imagination? Ce qui lui était arrivé la veille lui semblait soudain appartenir au domaine du rêve.

Elle en venait à douter de l'existence de cet homme dont le nom était sir Alexander Abdy et dont le passage si fugitif dans son existence semblait avoir eu tant d'importance.

Elle se répétait avec désespoir :

« Sans doute ne le reverrai-je jamais, jamais plus! » Puis comme elle était sage, elle se disait tout aussitôt que cela valait peut-être mieux. A la fin, elle fit son examen de conscience et se dit que, abstraction faite de l'enchantement éprouvé, elle avait bel et bien permis à un étranger, à un homme qu'elle ne connaissait pas, qu'elle avait rencontré par hasard, de l'embrasser sans même chercher à le repousser!

Avec son honnêteté foncière, Torilla reconnaissait avoir été absolument consentante dès qu'il l'avait prise dans ses bras. Elle avait, sans doute, éprouvé une émotion merveilleuse, mais sa conduite était répréhensible et aurait profondément choqué sa mère.

« Et le pire de tout, se disait-elle consternée, c'est que je ne parviens pas à trouver une excuse quelconque à ma conduite! » Elle aimait mieux ne pas penser à ce que lui aurait dit la chère Abby si elle avait été avec elle!

Cependant, si Abby l'avait accompagnée, rien de tout cela ne lui serait arrivé. Sir Joscelyn n'aurait pas forcé sa porte et son voisin de palier n'aurait pas eu à lui porter secours. Elle n'aurait même jamais adressé la parole à sir Alexander.

Finalement, elle avait tellement honte d'elle-même le lendemain, qu'elle décida de ne jamais raconter ces incidents à qui que ce fût; et elle arriva au château de Fernleigh, bien résolue à n'en souffler mot à personne, même pas à sa cousine.

C'était son secret. En elle-même, elle ne parvenait pas à en avoir réellement honte, elle s'y refusait même, car elle ne voulait en déflorer le merveilleux souvenir par des remords.

Personne ne pourrait jamais comprendre la transformation qui s'était opérée au plus profond d'elle-même après cette soirée qui ne pouvait être, aux yeux des autres, qu'une incartade sans lendemain.

Elle en était là de ses réflexions, quand les chevaux s'engagèrent entre les pavillons qui s'élevaient de chaque côté de la lourde grille de fer forgé, surmontée du blason des comtes de Fernleigh.

Le landau remonta ensuite la longue allée bordée de chênes séculaires derrière lesquels elle avait si souvent joué à cache-cache avec Beryl; et elle aperçut enfin, en face d'elle, la belle demeure en brique rose qui datait du règne de la reine Anne.

C'était une très belle maison et tout le monde s'extasiait sur la beauté de son architecture. Mais pour Torilla, c'était avant tout un foyer.

Elle eut du mal à réfréner son impatience et à

attendre, pour descendre de la voiture, que le valet vienne lui ouvrir la portière et abaisser le marchepied. Au moment même où elle sauta à terre, sa cousine Beryl apparut en haut de l'escalier.

Elle se jeta au cou de Torilla et les deux cousines s'embrassèrent avec beaucoup de tendresse. Beryl répétait :

– Oh! Torilla, ma chérie! Comme tu m'as manqué! Comme je suis heureuse de te voir ici!

Torilla avait les yeux pleins de larmes en répondant :

– Je suis si heureuse d'être ici!

Beryl exultait :

– La diligence est bien arrivée au jour dit : c'est merveilleux! Je n'arrive pas encore à croire que tu es réellement là, Torilla! J'ai tant de choses à te raconter : viens vite, viens!

Elle entraîna sa cousine par la main dans le grand salon dont les hautes fenêtres donnaient sur une roseraie derrière la maison.

Torilla avait aussitôt dénoué les rubans de son petit chapeau qu'elle avait hâte de retirer, mais elle regardait sa cousine d'un air ravi et elle s'exclama, sans plus attendre :

– Oh! Beryl : comme tu es jolie! encore plus jolie qu'autrefois! J'avais oublié combien tu étais belle!

– J'espérais bien que tu le remarquerais, répondit Beryl très contente d'elle-même.

Cependant, ce que disait Torilla était parfaitement vrai. Sa cousine avait acquis la réputation d'être « la plus jolie fille de toute l'Angleterre ». Elle avait beaucoup de succès et ses innombrables admirateurs la comparaient volontiers à une rose, ce qui était assez exact.

Elle avait des cheveux dorés, d'un blond éclatant, brillant comme de l'or. Elle avait les yeux bleus et son teint blanc et rose était celui dont rêvaient toutes les femmes.

Les deux cousines étaient de la même taille. Mais, depuis qu'elle vivait si chichement dans le Nord, Torilla avait maigri et était beaucoup plus mince que Beryl.

Les joues de Torilla étaient un peu creuses, tandis que Beryl avait un visage plein et d'un ovale parfait.

En la regardant évoluer avec grâce, parler avec une animation qui faisait virevolter ses boucles légères, avec ses yeux étincelants et sa jolie bouche bien rouge qui ne devait rien aux artifices du maquillage, Torilla, comme tout le monde, ne pouvait que l'admirer sans réserve. Et elle lui répéta, d'une voix émerveillée :

– Mon Dieu! comme tu es belle, Beryl!

Beryl sourit :

– Imagine l'allure que je vais avoir avec les somptueuses robes de mon trousseau!

Elle se leva, se rapprocha de sa cousine, et l'embrassa gentiment en lui expliquant :

– Tu vas m'aider ma chérie, sinon je ne serai jamais prête en temps voulu. C'est inimaginable tout ce qu'il me faut! Oh! au fait...

Elle s'interrompit brusquement et, emportée par une nouvelle idée, reprit :

– Cela me fait penser qu'il faut que je rajoute deux personnes sur ma liste d'invités pour le mariage!

Beryl bondit à travers le salon jusqu'au secrétaire, où elle prit unc longue plume d'oie blanche.

Tout en écrivant fiévreusement, elle parlait à Torilla par-dessus son épaule :

– Je suis certaine que nous oublierons quelqu'un! Et naturellement cela me fera un ennemi mortel! Alors, dès que je pense à quelqu'un, j'écris son nom aussitôt.

Torilla posa tranquillement son chapeau et lui dit :

– Il faut me montrer ta liste d'invitations, je t'aiderai à la compléter en énumérant tous tes amis que je connaissais autrefois, mais qui doivent m'avoir oubliée, eux!

Beryl lui annonça tout haut les noms qu'elle était en train d'écrire :

– Le capitaine et Mrs Chalmers...

– Je me souviens bien des Chalmers. Elle, c'était une femme très douce. Mais son mari m'a toujours donné l'impression d'être violent.

Comme Beryl ne lui répondait pas, Torilla reprit :

– Cela me rappelle un autre soldat. Que devient Rodney!

Sa cousine se figea brusquement, mais Torilla ne s'en aperçut pas et poursuivit :

– Cela me ferait plaisir de le revoir! Te rappelles-tu comme il aimait nous taquiner? Et ce jour où nous étions dans le grenier à foin, au-dessus de l'écurie, et où il avait retiré l'échelle? Nous sommes restées enfermées là-dedans pendant plus d'une heure avant que quelqu'un vienne nous délivrer!

Torilla éclata de rire à ce souvenir; puis elle déclara, d'un autre ton :

– Je suis certaine que si quelqu'un est jaloux de ton mariage, c'est bien Rodney!

Devant le silence de Beryl, Torilla devina qu'il y avait quelque chose qu'elle ignorait. Et, soudainement inquiète, elle demanda d'une voix sourde :

– Qu'est-ce qu'il y a Beryl?

– Rodney est mort!

Beryl quitta brusquement sa place devant le secrétaire pour aller regarder dehors. Debout devant l'une des portes-fenêtres donnant sur le jardin, elle tournait soigneusement le dos à sa cousine, pour lui cacher son visage.

– Mort? répéta Torilla abasourdie. Oh! Beryl, c'est incroyable... Personne ne me l'a jamais dit. Mais comment est-il mort?

Après un long silence, Beryl se décida à dire :

– Il a été tué, en France.

– Mais, voyons, la guerre était finie lorsque nous sommes partis avec papa... Rappelle-toi, Beryl, comme tout le monde était heureux quand on a appris, ici, la capitulation de Paris!

Beryl ne répondit pas tout de suite.

– Le duc de Wellington, expliqua-t-elle enfin, ne savait pas que les Alliés s'étaient emparés de Paris et que la guerre était réellement terminée.

Torilla dit tout haut, d'un ton songeur, comme si elle parlait toute seule :

– Nous savions pourtant que le régiment de Rodney était entré en France par Saint-Jean-de-Luz.

– Oui, l'armée a avancé en combattant jusqu'à Toulouse. Le maréchal Soult était persuadé que Toulouse était imprenable. Naturellement, ici, on ne l'a appris que beaucoup plus tard, dit Beryl d'une voix étranglée.

– Et, naturellement, le duc de Wellington l'a attaquée?

Beryl poursuivit avec des larmes dans la voix :

– Les pertes ont été énormes... On a dit, dans les journaux, que nous avions perdu environ cinq mille hommes... Et Rodney était parmi les morts...

– Oh! comme j'ai de la peine, Beryl! C'est affreux! Je ne me serais jamais attendue à cela... Tu ne m'en as jamais parlé dans tes lettres! Pourquoi?

– Ses parents n'en savaient rien. C'est après Noël, cette année seulement, qu'on leur a dit... que Rodney n'était pas parmi les survivants de la bataille de Toulouse.

– Je ne parviens pas à le croire! murmura Torilla.

Rodney Marsden avait été leur meilleur ami d'enfance. Son père possédait un domaine voisin de celui du comte. Rodney était fils unique et n'avait que trois ans de plus que Beryl. Il était inévitable qu'il passât toutes ses vacances à s'amuser avec les deux cousines.

Le père de Beryl avait une grande affection pour le jeune garçon et il lui avait toujours permis de chasser sur sa propriété; Rodney chassait donc, autant qu'il le voulait, le canard sur les étangs du comte de Fernleigh ou les pigeons et les lapins dans ses bois. Par la suite, une fois jeune homme, il lui arrivait d'accompagner son père quand le comte organisait des parties de chasse.

Le père de Rodney possédait d'excellents chevaux, et Rodney se voyait toujours confier le soin de veiller sur Beryl et Torilla qui les montaient de préférence à ceux plus fougueux du comte quand elles suivaient une chasse à courre.

Il avait toujours été leur principal partenaire dans les réceptions familiales que donnaient leurs parents à l'occasion des fêtes de Noël. Et Torilla l'avait toujours considéré comme un frère aîné : le grand frère qu'elle aurait tant aimé avoir.

Mais il avait fallu qu'elle apprenne sa mort pour se rendre réellement compte à quel point elle avait de l'affection pour lui et souhaitait le revoir.

Bouleversée, elle traversa tout le salon pour aller auprès de sa cousine, elle lui passa les bras autour du cou et lui dit, d'une voix douce :

– Rodney est mort comme il le souhaitait : au service de la patrie... Il était tellement fier d'être dans l'armée : c'est ce qu'il faut nous dire, pour essayer de nous consoler!

Beryl se serra contre sa cousine et lui rendit son étreinte. Elles demeurèrent enlacées un bon moment; puis Beryl se dégagea et déclara d'une voix désinvolte :

– J'ai décidé de ne plus jamais penser à lui! On ne peut rien contre la mort, n'est-ce pas? Et cela enlaidit tellement de pleurer...

Torilla ne prit pas au sérieux l'apparente frivolité de cette réponse : elle connaissait trop sa cousine pour ne pas savoir qu'elle avait bon cœur, mais qu'elle aimait à cacher ses bons sentiments. Sachant elle-même que certaines choses de la vie sont trop douloureuses pour que l'on puisse en parler, elle jugea raisonnable de changer de sujet :

– Si tu me parlais enfin un peu de tes fiançailles, Beryl? J'aimerais tout savoir, à commencer par le nom de ton fiancé! Sais-tu que tu as oublié de me le dire? Qui est-ce?

Beryl se força à sourire :

– Je te promets que tu seras très impressionnée quand tu le verras, Torilla! Si tu savais comme j'ai eu de la chance : je suis la fille la plus heureuse du monde! Toutes les femmes de l'Angleterre, et pas seulement les filles à marier, ont essayé de prendre Gallen dans leurs filets, mais sans succès; et c'est moi qu'il a choisi d'épouser! C'est le plus beau parti actuel. Elles ont tout tenté pour le séduire. Mais j'ai été plus maligne qu'elles : et c'est moi qui l'ai pris!

Torilla se sentit choquée par la manière dont sa cousine parlait de ces choses. Elle se borna donc à lui répondre, sans révéler ce qu'elle pensait :

– Je suis certaine qu'il a dû être très heureux de se laisser prendre par toi!

Beryl reprit avec orgueil :

– Quelle victoire pour moi que ce mariage; rends-toi compte, c'est le couronnement de ma carrière : on ne peut rêver une fin plus triomphale pour « L'Incomparable »! Tu dois savoir que c'est le prince régent en personne qui m'a surnommée ainsi!

– Tu me l'as même raconté dans plusieurs de tes lettres.

– Tu sais, je n'ai jamais réussi à te raconter la moitié des choses que je voulais te dire. Je déteste écrire des lettres! Et, de plus, je n'en ai pas le temps.

Elle se tut un moment, le temps de faire virevolter son élégante robe de mousseline brodée.

– J'ai tant de succès! reprit-elle avec excitation. Je ne sais pas par quoi commencer pour te raconter tout. Je suis invitée partout : à toutes les réceptions, à tous les bals, à toutes les réunions! On s'arrache ma présence. Personne ne peut se passer de moi...

Torilla se mit à rire avec indulgence :

– Fanfaronne : tu n'as pas changé! Tu es toute fière de toi comme quand tu étais petite et que tu tirais le gros lot de la pêche aux cadeaux, à Noël! Je te revois encore courant à travers les pièces en criant : « Regardez : c'est moi qui ai la plus grosse boîte de bonbons! C'est moi la plus adroite, n'est-ce pas? »

Beryl répondit avec le plus grand sérieux :

– Mais c'est exactement ce que j'ai décroché! Gallen, c'est réellement la plus grosse boîte de bonbons, tu sais! Il n'y a pas mieux que lui en Angleterre! Avec lui, c'est la grande vie : c'est un roi de l'élégance et du sport. Il est superbe! Et le prince régent va le doter en plus!

Elle se tut, essoufflée par cette tirade, ne sachant plus quoi dire, tout étourdie par son enthousiasme. Mais elle ne laissa pas le temps à sa cousine de lui répondre et reprit, du même ton excité :

– Il est tellement riche qu'il est impossible d'évaluer sa fortune, Torilla! Papa pense que c'est l'homme le plus riche de l'Angleterre... Et le château qu'il possède dans le Huntingdonshire est magnifique pour les réceptions.

« Je vais être la maîtresse de maison la plus importante et la plus influente de toute la haute société anglaise. Et, ce qui est encore mieux, je serai couverte de diamants!

La jeune fille gesticulait joyeusement tout en parlant et sa cousine riait franchement :

– Beryl, tu es ridicule! Tu ne m'as pas dit ce que je voulais savoir!

– Qu'est-ce donc, Torilla? fit Beryl, étonnée.

– Es-tu amoureuse de ton fiancé?

La question directe de Torilla fut suivie d'un long silence.

– Voyons, Torilla, l'amour dont nous parlions pendant des heures quand nous étions enfants, c'est juste bon pour les paysans! déclara enfin Beryl d'un ton très supérieur.

Torilla ouvrit de grands yeux, ne pouvant croire que Beryl parlait sérieusement :

– Quoi? Que me racontes-tu là? s'exclama-t-elle.

– Nous sommes, Gallen et moi, des gens du monde : nous nous entendrons admirablement bien, car nous avons les mêmes goûts. Nous aimons les mêmes plaisirs. Nous sommes brillants et, l'un comme l'autre, nous régnons sur les plus hautes sphères de la société. Nous sommes des princes du plaisir et de l'élégance, et sommes bien résolus à nous conduire comme des gens civilisés.

Beryl avait expliqué tout cela très froidement avec la conviction de quelqu'un persuadé d'avoir raison.

– Alors... tu n'es pas amoureuse de lui? Mais pourquoi l'épouses-tu?

– Pourquoi je l'épouse? répéta Beryl. Eh bien, je viens de te le dire : c'est l'homme le plus riche et le plus important d'Angleterre. Que pourrait-on vouloir de plus, Torilla?

Malgré l'enthousiasme affiché par sa cousine, Torilla se sentait consternée. Elle avait un regard désolé.

– Mais Beryl... rappelle-toi ce que nous disions toujours autrefois... Et, quand tu as fait tes débuts dans le monde, n'as-tu pas fait le serment, comme moi, de ne jamais te marier avant d'avoir rencontré l'amour?

Beryl répondit d'un ton impassible :

– C'était effectivement ce que je voulais faire. Mais le destin en a décidé autrement!

– Mais... tu crois que tu seras heureuse quand même? demanda encore Torilla avec inquiétude.

– Naturellement! Avec Gallen, j'aurai tout ce que je voudrai : tout, absolument tout!

Torilla soupira :

– Et lui? t'aime-t-il? Il doit t'aimer, lui, je suppose, sinon, pourquoi t'aurait-il demandée en mariage?

Beryl jeta un regard apitoyé à sa cousine :

– Ma pauvre Torilla! Non... Voyons : Gallen veut un héritier. Il veut un fils! C'est normal. Il lui faut assurer sa descendance. C'est un devoir, quand on possède tout ce qu'il possède : son titre et tout! Tout le monde en ferait autant dans sa position. Et puis, j'ai aussi ma petite idée personnelle, tu sais, Torilla... Il ne m'en a rien dit, évidemment... mais je suppose qu'il doit vouloir, dans l'immédiat, échapper aux griffes d'une certaine veuve dont il n'arrive pas à se débarrasser autrement.

Torilla se laissa tomber sur le sofa en soupirant :

– Tout ce que tu me racontes ne me réjouit pas, tu sais, Beryl!

Sa cousine secoua la tête et lança, d'un ton légèrement moqueur.

– Tu me rappelles une de nos gouvernantes : miss Dawson, tu t'en souviens? Elle...

Mais Beryl s'interrompit brusquement et s'écria, avec affolement :

– Grand Dieu! Je l'avais oubliée! Il faut absolument qu'elle soit invitée à mon mariage! Je vais rajouter son nom tout de suite sur la liste.

Elle bondit tout aussitôt jusqu'à son secrétaire. Mais, au moment où elle allait s'asseoir, la voix calme de Torilla lui fit interrompre son mouvement :

– Tu ne m'as toujours pas dit le nom de ton fiancé! Tête de linotte! Je sais seulement qu'il se prénomme Gallen; mais il doit tout de même bien avoir un nom de famille?

– C'est le marquis de Havingham, jeta Beryl avec une parfaite indifférence.

Comme elle tournait le dos à sa cousine et s'était assise, elle ne put voir les changements d'expression qui se succédèrent sur le visage de Torilla : celle-ci ouvrit d'abord de grands yeux avec un regard incrédule, puis une expression horrifiée se peignit sur ses traits.

Elle en avait presque perdu le souffle. Elle finit par se récrier, d'une voix étranglée :

– Non! Ce n'est pas possible! C'est impossible...

Imperturbable, sa cousine déclara avec satisfaction :

– Là : je savais bien que tu serais très impressionnée! Même dans le petit trou de province où tu vis, je suis certaine que l'on a entendu parler du marquis de Havingham, n'est-ce pas? Tu comprends, maintenant, pourquoi je suis tellement excitée à la perspective de mon mariage!

Torilla retenait les mots qui lui venaient aux lèvres. Elle ne pouvait croire ce qu'elle venait d'entendre. Comment admettre que sa cousine, avec qui elle avait été élevée et qu'elle aimait tant, allait épouser un homme qu'elle-même méprisait et haïssait de toutes ses forces et de toute son âme.

Mais, pensait Torilla, comment expliquer à Beryl,

qui semble si heureuse à la perspective de ce mariage, que son fiancé est un homme cruel, un véritable monstre : le responsable de la mort de tant de pauvres petits enfants, et faisant de leurs mères de pauvres estropiées et des brutes de leurs pères!

Les souvenirs de l'enfer de Barrowfields défilaient devant ses yeux : l'effroyable crasse du village, les tristes maisons sordides, partout la fumée du charbon, celle des forges et des hauts fourneaux des usines qui obscurcissait le ciel en permanence.

Elle se représentait mieux que jamais en cet instant tout ce que son père lui avait raconté des petits enfants de cinq ans qui restaient à travailler seize heures pas jour, tout seuls au fond de la mine, dans des trous sombres et humides, quand ils étaient affectés à la manœuvre des portes d'amarrage. D'autres poussaient et tiraient les wagonnets pleins de charbon à travers le dédale des couloirs. Et, comme les pompes de cette mine de Havingham étaient particulièrement vétustes et inefficaces, les enfants pataugeaient dans l'eau toute la journée.

Le soir, combien de fois son père n'était-il pas revenu désespéré, racontant tous les griefs qu'il nourrissait contre le propriétaire de cette mine, la voix épuisée par la douleur qu'il éprouvait à constater chaque jour les conditions absolument infernales dans lesquelles travaillaient les mineurs de ce pays. Bien souvent il avait répété à sa fille :

– Cette mine est dangereuse...

Mais il haussait toujours les épaules, quand Torilla lui répondait avec désespoir :

– Mais on devrait pouvoir faire quelque chose, papa! Il faudrait faire quelque chose!

– Qui? Tout le monde s'en moque! Et ce n'est certainement pas le marquis de Havingham qui s'en souciera jamais!

Tout ce qu'elle savait et avait eu l'occasion de voir de ses propres yeux de la misère abjecte et de la crasse sordide de Barrowfields, tout cela envahit brusquement son esprit. Et elle eut tout de suite le violent désir de tout raconter à Beryl et de lui faire comprendre que le marquis de Havingham était indiscutablement le dernier homme digne de devenir son mari.

Mais elle refréna sa première impulsion, se rappelant brusquement les conseils que sa chère Abby lui avait donnés avant son départ, en l'avertissant qu'il ne fallait pas parler des tristes choses du pays minier quand on était dans le Sud. Torilla croyait encore entendre Abby lui expliquer : « Ils ne sont pas capables de comprendre... », et elle se disait que la vieille gouvernante avait raison.

Torilla se rendait parfaitement compte qu'elle-même, avant d'être allée dans le Nord, ne comprenait pas du tout ce qui se passait dans les villes minières; et elle se demandait si sa mère, si bonne, si compatissante et généreuse, aurait su comprendre que de telles horreurs existaient réellement.

Elle fit donc un effort surhumain pour se dominer et ne pas dire ce qu'elle pensait à sa cousine.

Quand elle se leva et quitta sa chaise devant le secrétaire, Beryl lui proposa :

– Nous pourrions monter, si tu veux, ma chérie : je voudrais te montrer toutes les choses que j'ai déjà achetées pour mon trousseau. Je n'ai pas encore grand-chose; mais nous irons à Londres la semaine prochaine pour acheter des robes : je vais dépenser une fortune pour m'acheter les robes les plus somptueuses, tu sais!

Elle s'approcha de Torilla tout en lui parlant et, quand elle fut près d'elle, elle s'exclama d'un ton désolé :

– Comme tu es pâle! Je suppose que tu dois être exténuée après ce voyage. Ce n'est pas surprenant!

– Je me sens un peu... fatiguée, parvint à dire la jeune fille.

Elle n'ajouta rien et se tut en montant l'escalier en compagnie de Beryl. En haut, elle eut l'agréable surprise de constater qu'elle allait avoir la chambre qu'elle occupait naguère, chaque fois qu'elle venait chez sa tante. Lorsque ses parents s'absentaient, ils la laissaient toujours au château de Fernleigh; et il en allait de même pour Beryl que le comte et la comtesse confiaient aux parents de Torilla quand ils partaient en voyage. On faisait toujours dormir les deux fillettes dans des chambres voisines. Et elles en profitaient pour bavarder et faire toutes sortes de projets aventureux, dès qu'elles étaient au lit, au lieu de dormir. Torilla se souvenait avec bonheur de leurs petits complots du soir au sujet de baignades dans l'étang ou de parties de cache-cache dans les meules de foin.

La chambre contiguë à celle de Beryl avait conservé le nom de « chambre de miss Torilla » qui lui avait été donné à cette époque et, aujourd'hui encore, elle attendait la jeune fille avec ses jolis rideaux de soie ouverts sur la perspective du bassin où se reflétait le soleil.

Mais Torilla était hantée par la vision d'une campagne noire sans arbres ni verdure et par les silhouettes aussi noires que le charbon de ces hommes, avec leurs femmes et leurs enfants.

Alors, elle engagea résolument la conversation sur la question du trousseau que préparait Beryl et, plus tard, elle la fit parler de la cérémonie du mariage. A un moment donné, elle dit avec hésitation, craignant de se laisser aller à en dire plus qu'elle ne le voulait :

– Ne crois-tu pas, ma Beryl, que... si tu avais attendu encore un peu, tu aurais fini par... rencontrer un homme que tu aurais pu aimer de toute ton âme ?

Mais, devant l'expression de Beryl, elle se hâta d'ajouter :

– Tu ressembles tellement à une princesse de conte de fées, que j'aurais aimé que tu rencontres un jour ton prince charmant.

Beryl lui sourit avec complaisance :

– Attends donc d'avoir vu Gallen ! Il est absolument pareil au prince charmant que nous nous décrivions mutuellement, quand tu venais t'asseoir sur mon lit pour bavarder sans fin de l'homme que nous épouserions un jour ! Exactement !

Beryl sourit, avant d'ajouter :

– Je m'imaginais toujours que je deviendrais une reine ou une princesse. Avec Gallen, j'ai trouvé juste ce qu'il y a de mieux après ! Car il est certainement beaucoup plus important que bien des princes et, en tout cas, il est plus solvable que le régent !

– Ça, ce n'est pas très difficile, je crois ! D'après ce que l'on raconte au sujet des dettes contractées par Son Altesse Royale !

Beryl prit un ton hautain :

– Je détesterais être ainsi couverte de dettes...

Heureusement, cela ne risque pas de m'arriver : avec la fortune de Gallen, j'aurais sûrement du mal à dépenser assez.

Elle avait levé les bras au ciel en prononçant ces paroles, puis elle s'écria gaiement :

– C'est bien pourquoi je veux avoir un trousseau mirifique et tu vas en profiter, Torilla!

Sa cousine comprit tout de suite ce qu'elle voulait dire, avant même qu'elle n'ajoute, du même ton enjoué :

– Je ne veux rien conserver de ma garde-robe actuelle : elle est trop simple. Tout sera pour toi.

– Merci, Beryl. Tu es vraiment très très gentille, répondit immédiatement Torilla, tout en se demandant ce qu'elle pourrait en faire, car comment porter les élégantes toilettes de sa cousine à Barrowfields! Et puis, elle ne pourrait non plus en faire bénéficier les familles des mineurs. Ces étoffes étaient bien trop fragiles pour leur y tailler des vêtements – ce que son père n'aurait pas manqué de lui demander.

– Il me faut des quantités de choses nouvelles : des éventails, des ombrelles, des réticules, des gants! poursuivit la jeune fille avec enthousiasme, en se laissant tomber au creux des coussins du sofa. Tu sais, Torilla, je ne suis pas folle. J'ai simplement du bon sens! Gallen admire les femmes qui sont chics et élégantes. Et je suis vraiment la première jeune fille à laquelle il ait accordé un soupçon d'intérêt. Jamais il n'avait posé ses yeux sur une vraie jeune fille, comme moi.

Elle se redressa pour s'asseoir, le menton dans le creux de sa main; puis elle poursuivit, d'un ton méditatif :

– Il va falloir que je sois très, très sophistiquée, si je veux lui plaire. Très sincèrement, je ne crois pas que ce sera une tâche facile d'être l'épouse de Gallen!

– Que veux-tu donc dire? s'étonna Torilla.

– Eh bien... à en juger par la vie qu'il a menée, c'est un homme qui a toujours un œil sur les chevaux et l'autre sur les jolies femmes!

La voix de Torilla aurait trahi combien elle était choquée, elle se risqua toutefois à demander timidement :

– Est-ce que tu t'attends réellement à ce qu'il te soit infidèle?

– Oh! Torilla! Essaye donc de devenir adulte! Gallen aura ses petites aventures, tout comme moi j'aurai les miennes, voyons! Bien sûr! Mais il faudra que je fasse très attention à ne pas me laisser supplanter vraiment. Je sais trop comment se conduisent les femmes en face d'un homme aussi riche et aussi important que Gallen!

Torilla répéta avec ahurissement :

– Te supplanter... Tu penses donc qu'il serait capable de s'enfuir avec une autre femme?

– Mais non, bien sûr! On ne provoque pas de scandale de ce genre dans notre milieu, à moins d'avoir perdu la tête.

Le ton de Beryl était devenu agressif. Mais elle regarda Torilla et se radoucit pour lui dire, d'une voix affectueuse et indulgente :

– Tu n'es pas devenue plus réaliste, ma pauvre Torilla. Je voulais seulement dire que, si je laissais mon époux se lasser de moi, la vie deviendrait très désagréable... Un homme peut laisser sa femme à la campagne avec ses enfants pour seule compagnie durant des mois, ou même ne plus lui donner d'argent, comme fait cet odieux lord Boreham!

La voix de Beryl s'était de nouveau durcie et elle se tut quelques instants, songeant à la ladrerie de lord Boreham.

– Il existe d'ailleurs des milliers de manières de faire comprendre à une épouse qu'elle est devenue indésirable et de la faire souffrir, acheva-t-elle d'un ton entendu.

Puis elle sauta sur ses pieds pour déclarer d'une voix résolue et décidée :

– Je n'ai pas du tout l'intention de me laisser enlever Gallen; mais je ne suis pas assez sotte pour prétendre que ce sera facile.

Torilla intervint d'une voix mal assurée :

– S'il t'aime... ce sera peut-être tout autrement.

– Je lui plais beaucoup; mais, vois-tu, je ne pense pas que Gallen soit jamais tombé amoureux de personne. Il n'aime que ses chevaux et lui-même.

Elle avait tourné les yeux vers Torilla en parlant et elle éclata de rire :

– Allons, n'aie donc pas l'air si misérable, ma chérie! Moi aussi, j'aurai ma part de plaisir! Lord Newall est follement amoureux de moi. Hier soir, il est arrivé en brandissant un pistolet et il m'a dit que si je ne lui accordais pas un baiser, il se ferait sauter la cervelle!

– Parlait-il sérieusement? demanda Torilla avec angoisse.

– J'ai mieux aimé ne pas courir le risque de m'en assurer, répliqua Beryl d'un ton malicieux.

– Comment cela? Tu... tu l'as laissé t'embrasser?

– Oui, naturellement! Et c'était très agréable, si tu tiens à savoir ce que j'en pense!

Torilla ouvrait déjà la bouche pour se récrier d'indignation, mais elle se souvint de ce qu'elle-même avait fait au cours de son voyage et ne se reconnut pas le droit de critiquer Beryl.

D'ailleurs, Beryl ne lui en laissa pas le temps et déclara :

– Nous ferions mieux de nous coucher. Papa arrivera demain et, ensuite, on lâchera le ballon!

– De quoi s'agit-il encore? s'enquit Torilla qui avait décidément du mal à la suivre.

– Maman a beaucoup insisté pour que papa la rejoigne à Londres et soit à ses côtés quand paraîtra l'annonce de mes fiançailles dans *La Gazette*. Ils ont dû recevoir des visites de félicitations toute la journée; et nous pouvons nous attendre à voir arriver ici demain une foule de visiteurs : tu peux en être certaine!

Beryl se donna le temps de rire, avant de poursuivre :

– Comme je vais m'amuser à voir ramper devant moi tous ces gens qui m'ont tant critiquée depuis deux ans! Désormais ils n'auront plus la moindre envie de chercher querelle à la future marquise de Havingham!

Les deux jeunes filles se décidèrent enfin à se coucher. Elles se séparèrent, en s'embrassant tendrement; mais, auparavant, Beryl accompagna sa cousine à sa table de toilette.

– J'aurais bien envie de rester à parler avec toi, mais tu dois être fatiguée et moi, il faut que je me repose pour être belle! soupira-t-elle.

Tout en parlant, elle s'observait dans un miroir, d'un regard sur lequel il n'y avait pas à se méprendre : elle cherchait seulement une nouvelle occasion de constater qu'elle n'avait aucune inquiétude à se faire au sujet de sa beauté.

– J'espère bien que Gallen viendra lui aussi demain et que tu pourras constater par toi-même que je n'ai pas exagéré du tout à son sujet, dit-elle avant d'embrasser Torilla.

Puis elle ouvrit la porte de communication entre leurs deux chambres. Sur le seuil elle se retourna pour dire encore :

– Bonne nuit, ma si bonne et si chère petite Torilla. Je regrette de t'avoir dit des choses qui t'ont choquée ! Il faudra penser à ta robe de demoiselle d'honneur quand nous irons à Londres. Je veux que tu sois très, très belle ! Mais attention : je ne supporte pas d'avoir de rivale.

– Comme s'il était possible de rivaliser avec toi ! répondit Torilla.

– Eh bien ! tu seras surprise de voir combien de femmes ont essayé ! répliqua Beryl avant de refermer la porte derrière elle.

Le lendemain, Torilla dut convenir que Beryl n'avait nullement exagéré quand elle lui avait dit que « le ballon serait lâché ». Dès la première heure des laquais arrivèrent, porteurs de lettres de félicitations, de fleurs, d'invitations, et de présents de toutes sortes.

Beryl était excitée comme un enfant qui tourne autour de ses cadeaux le matin de Noël.

– Lis la lettre du vieux lord Godolphin : tu verras comme elle est flatteuse ! Ce n'est qu'un hypocrite. Il m'a toujours détestée depuis le jour où je lui ai envoyé un coup de poing dans l'estomac, parce qu'il avait voulu m'embrasser : j'avais quinze ans !

Elle tendit la lettre à Torilla qui la lui rendit après l'avoir parcourue et dit :

– C'est incontestablement une lettre très aimable.

Beryl remit les choses au point :

– Il me lèche les bottes : c'est un vieil imbécile.

Elle avait fait l'inventaire des cadeaux et se sentait désappointée. Elle soupira :

– Cela fait déjà trois plats à hors-d'œuvre en argent ! Comment les gens ne comprennent-ils pas qu'il est inutile de m'offrir de l'argenterie ! Pense donc, Torilla : Gallen possède la plus belle argenterie de famille de toute l'Angleterre. Une grande partie des pièces date du temps de Charles II ! Alors...

Après avoir repoussé d'un geste dédaigneux les plats incriminés, elle ajouta d'un ton plaisant :

– On pourra toujours s'en servir pour donner la pâtée aux chiens !

Les cadeaux et les félicitations lui montraient qu'elle avait oublié quantité de personnes sur sa liste et, avec l'aide de sa cousine, elle se mit en devoir de la compléter.

Lorsque le comte de Fernleigh entra dans le salon, il trouva la pièce dans un fouillis indescriptible : ce n'était partout que paquets, emballages déchirés, papiers froissés, cartons, bouquets de fleurs et colis, morceaux de papier, lettres et cartes...

A sa vue, Beryl s'exclama d'un ton distrait :

– Hello ! Papa !

Mais Torilla se releva précipitamment et bondit sur ses pieds pour aller embrasser son oncle avec tendresse.

– Il nous est bien agréable de vous revoir ici, Torilla!

Une inflexion d'affection profonde passa dans la voix de son oncle à qui elle répondit du même ton :

– Oh! oui, oncle Hector, c'est agréable d'être revenue!

Le comte s'enquit immédiatement :

– Je suppose que votre père doit commencer, maintenant, à en avoir assez de vivre enterré dans cette solitude!

– Mais il a beaucoup trop de travail là-bas, mon oncle!

– Alors, il faut lui dire de revenir ici, Torilla! Le curé de Wheathampstead va bientôt prendre sa retraite. C'est une bonne paroisse. Et, si votre père veut la reprendre, je suis tout prêt à augmenter les émoluments de quelques centaines de livres.

– Vous êtes très bon, mon oncle, dit Torilla pensivement.

– Dites-lui de poser sa candidature, Torilla. Vous m'avez beaucoup manqué. Et, de plus, vous avez une excellente influence sur Beryl, ce qui n'est pas le cas de tous ceux qui évoluent autour d'elle...

Le comte allait et venait dans le salon, tout en parlant, et, sur ces mots, il se dirigea vers la porte. Beryl fit une petite grimace dans le dos de son père, dès qu'il fut sorti. Torilla la regarda avec curiosité.

– Qu'est-ce que ton père a voulu dire? demanda-t-elle.

– Il déteste la plupart de mes amis! Il trouve leur conversation ennuyeuse et choquante. C'est parfaitement vrai d'ailleurs! Mais ils sont beaucoup plus amusants que tous ces vieux radoteurs dont papa aime à s'entourer.

– Mais... sincèrement, Beryl, aimes-tu vraiment tous les gens que tu rencontres à Carlton House?

La voix de Torilla était pleine de réticence et Beryl lui lança un grand sourire amusé avant de répondre :

– On y rencontre des gens absolument fantastiques! On se demande comment le prince peut faire pour dénicher des gens aussi extraordinaires! Mais les pires sont certains des membres de l'aristocratie... Le marquis de Queenbury, par exemple, qui s'est rendu plus que célèbre par ses aventures.

Beryl s'interrompit un instant pour éclater de rire devant l'expression horrifiée de sa cousine, et elle ajouta avec entrain :

– Il y a aussi les frères Barrymore : il n'y a pas plus pervertis. Ce sont des monstres de la pire espèce! Tu serais horrifiée si je te racontais tout ce qu'ils ont fait.

– Je crois que cela m'effrayerait de me trouver avec des gens pareils.

Beryl, qui s'amusait beaucoup de la candeur de sa cousine, lui répondit en riant :

– Tu les rencontreras la semaine prochaine, quand nous serons à Londres. Et je me réjouis d'avance de voir l'impression qu'ils te feront.

Torilla jeta un regard interrogateur à sa cousine qui lui expliqua :

– Je viens de décider de te présenter partout : je veux que tu sois introduite dans la haute société. Cela m'amusera de voir l'impression que te fera tout ce beau monde : et puis je voudrais bien savoir ce qu'ils penseront de toi, ma chérie! Je suis à peu près certaine que pas un de ces êtres n'a eu l'occasion d'approcher quelqu'un de réellement vertueux!

– Tu as trop bonne opinion de moi, Beryl : tu me gênes! se récria Torilla, confuse.

– Mais c'est la vérité! Tu es la vertu en personne et tu l'as toujours été! Tandis que moi, je suis tout le contraire! J'ai toujours eu envie d'être mauvaise : oh! sans aller jusqu'à être aussi dénaturée que les frères Barrymore, bien sûr! Mais juste assez mauvaise pour pouvoir m'amuser de toutes les vilaines choses que d'autres font et que je n'ose pas faire!

Mais Torilla s'indigna avec sincérité :

– Non, tu n'es pas une mauvaise fille, Beryl! Et, tu verras quand tu seras mariée, tout sera changé pour toi.

Beryl ne répondit pas. Et Torilla eut l'impression pénible que sa cousine pensait que ce serait bien pire quand elle serait mariée. Torilla se prit alors à songer elle-même que, si le marquis était aussi méchant qu'elle le croyait, il se pourrait fort bien en effet qu'il entraînât Beryl – qui avait toujours été d'une nature impulsive et irréfléchie – à commettre des actes qu'elle regretterait par la suite. Qu'allait-il advenir de Beryl? se demanda soudain Torilla avec appréhension. Elle se sentait si malheureuse pour sa cousine qu'elle préférait ne pas réfléchir à ce que serait son avenir auprès d'un tel homme.

Beryl était fantasque et avait l'habitude de raconter à tort et à travers toutes sortes de sottises; mais elle n'avait pas cessé d'être la fille douce et généreuse qu'elle avait toujours été, quand bien même elle avait la tête un peu tournée par les flatteries dont elle était l'objet. Et Torilla admettait, en son for intérieur, avec bon sens: « Qui l'en blâmerait? Elle est tellement belle... si merveilleusement belle. »

Elle se souvint de ce que sa mère lui avait confié un jour au sujet de Beryl : « Ta cousine est comme les portraits peints par Rubens : tout en couleurs éclatantes. Et toi, tu es comme l'une de ces aquarelles délicates, dont la beauté vous pénètre l'âme... »

A l'époque, Torilla avait pensé que sa mère cherchait seulement à la consoler, car Beryl attirait beaucoup plus l'attention qu'elle. Mais elle comprenait, maintenant, que sa mère disait vrai : Beryl était étincelante de gaieté et de vivacité, elle avait tout le brillant et l'attrait d'une belle peinture exécutée par un grand maître.

Pour changer de sujet, Torilla demanda tout à coup :

– Qu'allons-nous faire de toutes ces fleurs? Les lys sont tellement beaux!

Elle admirait, tout en parlant, une énorme gerbe de lys dont le parfum répandait autour d'elle une odeur mystique.

Beryl eut un geste d'indifférence :

– Prends toutes celles que tu veux dans ta chambre, puisque tu les aimes tant. Il n'y a qu'à jeter le reste. Il y a déjà bien assez de fleurs comme ça dans la maison!

– Oh! non! On ne peut pas les jeter, ce serait criminel! se récria Torilla qui avait toujours pensé que les fleurs étaient des créatures vivantes et les respectait comme telles. Il lui semblait que les fleurs devaient être capables de haine, quand les domestiques oubliaient de changer l'eau des vases ou quand on les jetait avant qu'elles ne soient flétries.

– Je vais m'en occuper moi-même, déclara-t-elle pour la forme, car elle se rendait parfaitement compte que Beryl pensait déjà à autre chose.

On entendait, d'ailleurs, des bruits de voix dans le hall. Beryl bondit aussitôt sur ses pieds.

– C'est Gallen! C'est formidable : tu vas pouvoir faire tout de suite connaissance avec lui! J'avais pensé qu'il ne viendrait que demain! s'exclama-t-elle d'un ton excité en s'élançant à travers le salon pour aller ouvrir la porte.

Elle sortit et Torilla entendit des exclamations :

– Gallen! Gallen! C'est merveilleux que vous soyez venu! J'avais tellement envie de vous voir!

Une voix grave et virile répondit; mais Torilla ne put comprendre les mots.

Elle demeurait sur place, toujours debout avec sa brassée de lys serrée contre elle, se laissant envahir par la haine qu'elle nourrissait depuis longtemps contre le marquis de Havingham. L'horreur qu'il soulevait en elle obnubilait son esprit et raidissait tout son être. Sa haine brûlait dans son cœur comme du charbon ardent. Elle le détestait tellement qu'elle avait l'impression que sa haine lui insufflait une force capable de le tuer d'un seul regard.

Animée par ce sentiment, la veille au soir, elle avait longuement prié avant de se coucher pour qu'un événement fortuit, inespéré, survienne et empêche au dernier moment sa cousine de l'épouser.

Il lui semblait abominable de laisser quelqu'un qu'elle aimait épouser devant elle un homme aussi vil : un homme capable de commettre tous ces crimes contre l'humanité qu'avait déjà commis à l'encontre des familles de mineurs le marquis de Havingham... Elle se l'était toujours imaginé gros et trapu, avec les yeux cernés d'un débauché – assis devant une table croulant sous le poids des victuailles et des bouteilles, dégustant du vin rouge, de la couleur même du sang de ces malheureux qui travaillaient pour lui dans la poussière de charbon et dans l'obscurité, au plus profond de ses puits pourvoyeurs de richesses.

« Comment le marquis peut-il être aussi cruel? si dépourvu de cœur? » se demandait souvent Torilla.

Car la jeune fille n'était pas sans savoir, que, non seulement les mineurs de Barrowfields étaient surchargés de travail et indignement mal payés, mais qu'ils étaient en outre réellement volés, escroqués d'une partie de leurs gains par le surveillant chargé des comptes – un homme à la solde du marquis, selon toute probabilité.

Il y avait mille manières pour les patrons et les surveillants de voler les pauvres mineurs. Par exemple, les déductions faites sur leur salaire pour les chandelles avec lesquelles ils s'éclairaient et pour la poudre qu'ils utilisaient. Un surveillant pouvait facilement, s'il le voulait, obliger les hommes à lui acheter les bougies; et il les leur faisait payer une fois et demie ou deux plus cher que le prix courant.

C'était ce qui se passait à la mine Havingham, comme Torilla l'avait appris par son père.

Les gages des hommes pouvaient aussi se trouver singulièrement réduits du fait du remboursement des outils endommagés pendant le travail et pour lesquels le surveillant réclamait bien entendu des sommes excessives. Le pasteur avait très clairement exposé à sa fille l'iniquité de ces procédés, couramment pratiqués à Barrowfields.

– Ils retiennent un shilling pour un manche de pelle alors que, dans le pays, un bon pieu coûte seulement six pence et, ailleurs, deux! s'écria-t-il avec fureur le jour où il lui en avait parlé.

Et elle lui avait, une fois de plus, demandé :

– Mais ne pourrait-on tout de même pas faire quelque chose?

Alors, le pasteur avait répliqué avec une rage méprisante :

– Mais qui donc se soucie des mineurs, veux-tu me dire, ma fille?

Certainement pas le marquis, cet homme richissime qui possédait des dizaines de maisons et de châteaux, des serviteurs et des chevaux, et qui allait maintenant épouser une jolie femme qui lui coûterait cher!

Elle entendait les voix venant du hall se rapprocher et elle se préparait à affronter cet homme qu'elle avait toujours considéré comme une incarnation du mal et qu'elle appelait depuis longtemps le Diable.

Et elle se mit à serrer très fort la gerbe de lys qu'elle tenait toujours dans ses bras, attendant de pied ferme cette inévitable rencontre. Ses yeux luisaient, très sombres, dans son visage si pâle. Elle avait envie de ne pas regarder tant elle se sentait effrayée, et elle se mit à fixer le sol.

Mais Beryl entra la première en annonçant triomphalement :

– Voici Gallen, ma chère Torilla. Vous allez pouvoir faire connaissance tout de suite!

Un homme entra dans la salon à la suite de Beryl. Torilla aperçut en premier lieu ses belles bottes brillantes sur le vernis desquelles se reflétait ce qui jonchait le sol : les papiers, les fleurs et les cadeaux.

Elle se fit violence pour lever les yeux : et son cœur sursauta brutalement dans sa poitrine. Elle eut l'impression que les murs se mettaient à tourner autour d'elle et que le plafond s'écroulait sur sa tête : ce n'était pas le marquis de Havingham qui suivait Beryl. Mais bien sir Alexander Abdy!

4

Torilla franchit les barrières du parc. Les jonquilles étaient en fleur et formaient un somptueux tapis sous les chênes.

Il était très tôt. Ce matin-là, elle était allée communier à la messe de 7 heures, dans la petite église campagnarde où elle avait été autrefois baptisée. Il y avait peu de monde : à peine cinq ou six personnes.

Après l'office, elle alla se recueillir sur la tombe de sa mère située au pied d'un cyprès et se perdit dans la contemplation de la pierre tombale. Il lui était encore difficile d'admettre que sa mère, qu'elle avait si tendrement aimée et qui avait toujours été si douce et si compréhensive avec elle, l'avait quittée pour toujours.

Puis elle se dit que ce n'était pas vrai. Elle sentait que l'âme de sa mère lui survivait, que son amour, ses pensées étaient demeurés auprès d'elle et de son père et ne les abandonneraient jamais. Et Torilla lui parlait dans son cœur :

– Aidez-moi, maman, à faire ce qu'il faut pour Beryl. Peut-on vraiment lui laisser épouser le marquis quand on sait ce qui se passe à Barrowfields?

Torilla n'en dit rien dans sa prière; mais, comme elle était honnête, elle savait que ses sentiments personnels concernant le marquis étaient contradictoires et pleins de confusion. Elle ne parvenait pas à comprendre comment cet homme, un monstre de cruauté, était également celui qui avait su éveiller en elle un tel bonheur, un soir, par ses baisers : un bonheur qui la faisait encore frissonner quand elle en évoquait le souvenir.

Elle repensa à l'arrivée du fiancé de Beryl à Fernleigh. Il était encore dans le hall et elle était bien résolue à éviter de rencontrer le regard du détestable marquis de Havingham. Puis elle avait exécuté une révérence rapide et machinale quand il était entré dans le salon. Et craignant qu'il ne s'aperçoive de ses sentiments, elle avait baissé les paupières et ses longs cils bruns frémissaient sur ses joues pâles, dérobant son regard au marquis détesté.

Soudain, il dit, tandis qu'elle posait un regard stupéfait sur lui :

– Très heureux de vous rencontrer, miss Clifford!

Elle répondit sur le ton de la plus stricte politesse mondaine :

– Merci, milord.

Un observateur attentif aurait pu percevoir le léger tremblement qui agitait sa voix. Quant à elle, elle se répétait qu'elle ne le haïssait pas moins qu'auparavant, quand elle ignorait qui était le marquis de Havingham.

Beryl ne remarqua nullement la tension qui s'installa entre son fiancé et sa cousine. Elle prit le marquis par le bras en lui disant avec enjouement :

– Venez donc voir les cadeaux que nous avons reçus, Gallen. Ils m'écœurent, et je pense que la seule chose à faire sera de les offrir quand l'occasion s'en présentera à d'autres infortunés fiancés comme nous!

Torilla profita du moment où les deux jeunes gens se penchaient sur le monceau de cadeaux et de papiers pour s'esquiver au plus vite en serrant la gerbe de lys précieusement contre son cœur.

Elle escalada à toute vitesse l'escalier en se répétant, le cœur navré : « Comment est-ce possible? Comment le marquis peut-il ne faire qu'un avec sir Alexander Abdy? » Comment pouvait-il être cet homme auquel – en dépit de toutes ses bonnes résolutions – elle avait rêvé toutes les nuits et si souvent pensé le jour? Elle ne parvenait pas à le comprendre, mais se répétait avec force :

– Je le hais! Oh! comme je le hais!

Elle se répétait ces mots, comme pour s'en faire un talisman et se prémunir elle-même contre le merveilleux souvenir de l'inoubliable baiser et de son inexprimable puissance magique.

Le soir, durant le dîner, elle demeura silencieuse; mais, heureusement, son oncle et Beryl étaient tellement emportés par la conversation qu'ils ne s'en aperçurent pas. Le comte avait beaucoup de choses à raconter sur les félicitations qu'il avait reçues à Londres, à la suite de l'annonce de ses fiançailles dans la chronique mondaine de *La Gazette* de la veille.

Or, Beryl, de son côté, tenait à accaparer pour elle seule toute l'attention de son fiancé.

Elle était particulièrement en beauté ce soir-là. Elle avait mis une robe dont le bleu était assorti à la couleur de ses yeux. Son collier d'aigues-marines serties de diamants scintillait au moindre geste. Elle s'arrangea pour dire au marquis des choses qui l'avaient souvent amusé et fait rire.

Torilla, qui les observait, songea que nulle jeune fille ne pouvait rivaliser de séduction avec Beryl et qu'il devait être bien difficile de ne pas en être épris. Mais elle n'osait pas regarder du côté du marquis : elle avait trop peur qu'il pût intercepter son regard et elle ne voulait à aucun prix risquer de rencontrer le sien.

A la fin du repas, comme Beryl s'était mise à parler des préparatifs de leur mariage, il demanda à brûle-pourpoint :

– Mais quel est donc le rôle dévolu à miss Clifford dans tout cela?

Torilla rougit et sursauta à cette question. Mais Beryl répondit avec naturel :

– Torilla sera ma demoiselle d'honneur : et la seule demoiselle d'honneur que j'aurai! Je n'ai pas encore eu le loisir de vous expliquer tout ce que représente dans ma vie ma cousine Torilla : nous avons été élevées ensemble...

Le comte intervint avec chaleur :

– Oui, c'est vrai : ces enfants étaient inséparables. Et vous nous avez terriblement manqué à tous, ici, Torilla, depuis votre départ dans le Nord.

Torilla répondit précipitamment et d'une voix étouffée :

– Vous m'avez énormément manqué, à moi aussi, oncle Hector!

– Enfin, vous êtes de retour et nous sommes assurés de vous garder auprès de nous jusqu'au mariage de Beryl. C'est toujours cela, reprit le comte d'un ton affectueux.

Beryl s'empressa d'interrompre son père en s'exclamant brusquement :

– Oh! cela me fait penser...

Puis elle se remit à bavarder étourdiment de la cérémonie du mariage et des gens qui devaient assister à la réception qui suivrait.

Dès la fin du dîner, quand les hommes passèrent dans le salon, Torilla, qui avait la plus grande hâte de retrouver la paix et la sécurité de sa chambre, s'esquiva discrètement.

Pour se justifier vis-à-vis d'elle-même, elle se disait qu'elle devait agir ainsi par tact, car Beryl avait certainement envie de rester seule avec son fiancé.

Mais, tout au fond d'elle-même, elle savait pertinemment que c'était par crainte de se trouver avec le marquis. Tout ce qu'il faisait, disait ou était, créait un énorme tourbillon dans sa tête. Elle avait l'impression que la complexité des sentiments qu'elle éprouvait allait la rendre folle.

Elle fut incapable de s'endormir. Au petit matin, quand il fit jour, elle se souvint que c'était dimanche, et qu'il lui fallait se rendre à l'église.

Les heures des offices n'avaient guère dû changer depuis le temps où son père était pasteur de la petite paroisse. Il avait toujours tenu à faire célébrer de très bonne heure une messe de communion pour que puissent y assister tous ceux qui allaient travailler ensuite. Quand, vers 7 heures, elle était entrée dans la petite église romane en pierre grise, elle avait eu l'impression que tout le présent s'effaçait, qu'elle était redevenue enfant et que tout allait bien dans le monde entier.

Il lui semblait que son père et sa mère habitaient encore le presbytère et que le Dieu tout-puissant, qu'elle priait avec ferveur, était toujours là, se penchant vers elle pour écouter ses prières. Car, depuis son départ dans le Nord, elle avait bien du mal à admettre que l'on priait le même Dieu à Barrowfields.

Il lui était parfois arrivé, en entendant raconter les choses horribles qui se passaient à l'intérieur de la mine, de penser que le Dieu plein de bonté – dont parlait son père en assurant qu'il protégeait avec un égal amour tous ses enfants, quels qu'ils soient – n'existait plus.

Quand elle sortit du cimetière, Torilla se rendit compte, une fois de plus, que le climat était beaucoup plus doux à Fernleigh que dans le Nord. Le soleil était déjà haut dans le ciel, et elle retira son chapeau pour marcher à l'ombre des chênes. Elle murmura pensivement : « Comme nous avons été des enfants heureuses, Beryl et moi, de pouvoir courir et jouer à cache-cache sous ces grands chênes...! »

Elle se revoyait cachée, espérant bien que ni Beryl ni Rodney ne la trouveraient; puis, incapable d'attendre immobile, elle se faisait découvrir en montrant le bout de son nez; et les deux autres bondissaient vers elle avec des cris de joie. Quelquefois elle s'enfuyait en courant et la poursuite qui s'ensuivait était encore plus amusante.

Elle se revoyait, avec ses deux compagnons de jeux, courant sur l'herbe molle comme des fous, jusqu'au moment où, à bout de souffle d'avoir trop ri, ils se laissaient tomber sur le sol au bord du lac.

Il arrivait aussi, quelquefois, que pour les taquiner Rodney les menaçait de les jeter dans l'eau.

Torilla eut un petit coup au cœur en se souvenant brusquement que Rodney était mort : « Il est mort maintenant et nous deux, nous avons de terribles problèmes à affronter... », se dit-elle avec un sentiment d'effroi.

On eût dit que le simple fait d'avoir murmuré tout bas ces mots avait eu le pouvoir magique de faire venir l'homme qu'elle cherchait à tout prix à éviter : le marquis apparut, dirigeant son cheval droit sur Torilla.

Espérant qu'il ne l'avait pas vue, elle céda à son désir instinctif de l'éviter, et passa derrière le gros tronc d'un vieux chêne contre lequel elle s'appuya.

Elle retenait son souffle et écoutait, surprise de ne pas entendre le bruit des sabots du cheval sur le gravier de l'allée. Mais il avait sans doute fait marcher sa monture dans l'herbe, au bord du sentier, car il apparut soudainement devant elle. Elle s'y attendait si peu qu'elle tressaillit : il maintenait son admirable étalon noir et la regardait, penché sur l'encolure de l'animal.

– J'aimerais bien savoir si vous êtes en train de rendre un culte spécial à la déesse Nature, ou si vous cherchez à m'éviter, Torilla? demanda-t-il sans autre préambule.

Elle ne répondit pas et le regarda descendre de son cheval. Mais elle se mit à trembler de tous ses membres en le voyant s'approcher.

Elle ne lui jeta pas un regard et s'obstina à observer le cheval qu'il avait laissé en liberté et qui broutait l'herbe.

– J'attends toujours que vous répondiez à la question que je viens de vous poser! déclara le marquis d'un ton amusé.

Torilla tourna la tête et essaya de le regarder, mais ses cils palpitaient trop nerveusement et elle lui dit la première chose qui lui vint à l'esprit :

– Est-ce que vous n'avez pas peur que votre cheval prenne la fuite?

Le marquis sourit :

– Sulivan est à moi. Je l'ai amené avec moi, hier. Il est bien dressé et il vient toujours quand je l'appelle.

Comme Torilla se taisait, il reprit, après quelques instants :

– Je viens de répondre à la question que vous m'avez posée. A votre tour, maintenant, d'en faire autant!

– Je... je rentrais à la maison après être allée à l'église, éluda la jeune fille.

– Vous étiez à l'église? Vraiment? demanda-t-il avec un certain étonnement.

Mais il se reprit et s'écria :

– Mais évidemment! Nous sommes dimanche! Et peut-on savoir quel fut l'objet de vos prières?

Torilla aimait dire la vérité : elle n'hésita pas à rétorquer :

– J'ai prié pour Beryl.

Puis elle s'avança droit devant elle, coupant à travers l'herbage, car elle était persuadée qu'il n'oserait pas l'importuner.

Cependant, le marquis se mit à marcher à côté de Torilla. Elle ne pouvait rien dire et se contentait de tenir les yeux résolument baissés. Elle fixait le sol et ne voyait, de l'homme qui marchait près d'elle, que la pointe des bottes brillantes; mais elle sentait bien que son regard pesait sur elle.

– Vous avez été surprise de me voir, n'est-ce pas? se décida à demander doucement le marquis au bout d'un moment.

– Euh... oui.

– J'ai été moi-même stupéfait en vous trouvant ici! Pourquoi ne m'avez-vous pas dit où vous alliez?

– Mais... vous ne me l'avez pas demandé!

– J'avais nettement l'impression que vous trouviez mes questions gênantes et que vous n'aviez pas envie d'y répondre. Et même, vous vous arrangiez pour que je ne puisse vous en poser! reprit le marquis, toujours avec la même douceur où perçait le regret.

Il se tut et Torilla resta silencieuse, bouleversée : « Je n'aurais jamais cru qu'il puisse être aussi intuitif : ainsi, il m'avait devinée? » pensa-t-elle, désolée.

– Quand je suis entré dans le salon, reprit-il, et que je vous ai trouvée là, avec vos lys dans les bras, j'ai cru un instant à une hallucination! Voyez-vous, Torilla, j'avais pensé à vous toute la journée! Car depuis notre séparation à l'Auberge de St. George et le Dragon, je n'avais pas cessé de penser à vous.

J'étais incapable, en vérité, de penser à autre chose!

Torilla croyait rêver en entendant les paroles du marquis. Il lui semblait impossible qu'il puisse lui dire, à elle, de telles choses. Mais il lui demanda soudain :

– J'ai cru comprendre que vous n'aviez pas dit à Beryl que nous nous étions rencontrés?

– Non..., dit-elle d'un ton poignant.

– Mais pourquoi?

Torilla ne répondit pas immédiatement : elle réfléchissait, commençant à deviner qu'elle avait sans doute eu tort. Elle finit par se décider à avouer d'un ton réticent :

– J'avais peur... je ne voulais pas la choquer...

– Ah? Parce que vous pensez vraiment que vous l'auriez choquée? Permettez-moi d'en douter sérieusement!

Sa voix avait pris un ton moqueur et sarcastique. Mais Torilla entreprit pourtant de lui expliquer ses raisons :

– C'est très mal de vous être conduit de la sorte avec moi, quand vous veniez tout juste de vous fiancer avec Beryl. Vous êtes inexcusable...

Le marquis sourit :

– Mais c'est vous qui vouliez me remercier mieux qu'avec de simples mots!

C'est elle en effet qui avait eu l'imprudence de lui dire naïvement cela, mais sans savoir à quel résultat aboutiraient ses paroles de gratitude! Elle songea avec colère qu'il cherchait à rejeter sur elle toute la responsabilité de la chose.

Mais il poursuivit avec aisance, d'un ton léger :

– Et puis, après tout? Ce n'était tout de même

pas un péché abominable, si même il y a péché dans ce baiser, comme vous semblez vouloir le croire maintenant. Mais le croyez-vous vraiment?

Torilla se souvint qu'il y avait quelque chose de parfait dans ce baiser, que c'était la chose la plus merveilleuse qui lui fût jamais arrivée... Certes, elle n'avait pas songé, sur l'instant, que ce pouvait être un péché... Mais il était fiancé avec Beryl! Si elle avait été dans la position de Beryl, elle aurait jugé absolument intolérable et déloyal que l'homme qu'elle allait épouser se permît de donner un baiser à une autre.

– La manière dont vous jugez des choses est totalement différente de celle de Beryl, Torilla! fit remarquer doucement le marquis.

Torilla leva la tête, décontenancée et stupéfaite de voir qu'il lisait si bien dans ses pensées.

Alors, il lui dit d'une voix très ferme et tout bas :

– Je n'ai aucun regret.

Il regarda Torilla au fond des yeux et elle fut incapable de détacher son regard du sien. Elle dut faire un immense effort pour s'imposer de penser qu'il était le fiancé de Beryl et détourner la tête.

Mais il continua à parler :

– Hier soir, dès mon entrée dans le salon, j'ai tout de suite vu, dans votre premier regard, que vous étiez heureuse de me voir; cela n'a duré qu'une seconde, un éclair! Puis vos yeux se sont aussitôt assombris et, ensuite, le regard que vous m'avez lancé était un regard de haine : oui, de haine, il n'y a pas d'autre mot pour ce que j'ai vu dans vos yeux, Torilla. Pourquoi? Dites-moi pourquoi!

La jeune fille retint son souffle. Elle avait peur de

ce qu'elle risquait de dire. Bouleversée jusqu'au fond de son âme, n'osant comprendre pourquoi il l'avait regardée avec une telle attention. Stupéfaite aussi de voir le marquis accorder tant d'intérêt à ce qu'elle pensait. « Comment et pourquoi peut-il deviner mes pensées les plus intimes? » se demandait-elle, consternée.

Car enfin, l'homme qui était là, devant elle, était le marquis de Havingham – ce monstre de cruauté et d'avarice, responsable de tant de crimes inhumains et dont elle avait chaque jour souhaité la mort, depuis qu'elle vivait à Barrowfields : et cela, elle ne pouvait l'oublier.

Ils marchaient sous les arbres sans même regarder où ils allaient. Torilla était absorbée par des pensées qui la bouleversaient. Quand ils arrivèrent devant un gros tronc de chêne abattu, elle s'assit machinalement dessus, sans même penser à ce qu'elle faisait. Le marquis s'assit à ses côtés, sans cesser un instant de la regarder et de scruter ce visage qui le fascinait. Le cheval, qui les avait suivis, s'immobilisa auprès d'eux et se remit à brouter l'herbe tendre.

– Je veux que vous me donniez une explication, Torilla. Votre regard est trop expressif pour que vous puissiez me cacher la moindre chose. Vous ne pourrez jamais avoir de secret pour moi.

– J'aimerais mieux que... que vous ne me posiez plus de questions, balbutia-t-elle.

– J'ai clairement compris que c'était là ce que vous pensiez, hier soir, pendant le dîner. Mais, ce matin, la situation n'est plus la même : nous sommes seuls, tous les deux. Et ce que vous pensez me concerne personnellement, n'est-ce pas? insista doucement le marquis.

– Euh... ou... oui, balbutia encore Torilla à contrecœur.

Il avait l'impression qu'il fallait lui arracher les mots. Mais il s'entêtait résolument, doucement :

– Ce n'est pas seulement parce que vous me gardez rancune de vous avoir embrassée que vous êtes en colère contre moi, n'est-ce pas?

Complètement désemparée, Torilla ne put s'empêcher de dire :

– Je n'étais pas en colère. Mais, à votre arrivée, hier soir, j'ai été profondément choquée en apprenant que sir Alexander Abdy, c'était vous!

– Non, il y a autre chose, Torilla, vous avez quelque chose d'autre contre moi, je le sens! insista-t-il.

Comme Torilla ne lui répondait toujours pas, il reprit patiemment :

– Vous m'avez dit, tout à l'heure, que vous aviez prié pour Beryl à l'église. Avez-vous prié pour qu'elle ne se marie pas avec moi? Dites, Torilla?

Elle se sentait de plus en plus stupéfaite de la clairvoyance du marquis à son égard. Cette pénétration la décontenançait et venait à bout de sa résistance. Malgré ses efforts, Torilla sentit qu'elle finirait par céder à sa force de persuasion et elle se laissa arracher un lambeau de vérité :

– Oui... c'est vrai : c'est pour cela que j'ai prié, avoua-t-elle tout bas.

Il prit un ton ironique :

– Quelle réputation ai-je donc? Et de quels péchés m'accuse-t-on? J'en ai commis un nombre incalculable certes, mais je ne m'attendais pas à ce qu'ils me suivent partout! Je ne pensais pas que tant de gens les connaissaient, et vous étiez certainement la dernière personne que j'eusse imaginé si bien informée de mes folies, Torilla!

La jeune fille eut l'impression qu'il se moquait d'elle. Elle se leva brusquement, comme pour mettre un terme à cet entretien qu'elle trouvait intolérable. Elle ne pouvait plus endurer cette conversation. Elle dit sèchement :

– Je vais rentrer au château, milord.

– Pas avant de m'avoir dit ce que je veux absolument savoir!

Le marquis n'avait pas bougé. Il restait assis sur le tronc d'arbre et se contenta d'avancer la main et de s'emparer fermement du poignet de Torilla.

Elle ne put s'empêcher de frissonner au contact de cette main. Pourquoi avait-elle soudain l'impression d'être parcourue par de petites étincelles des pieds à la tête, simplement parce que le marquis lui touchait les doigts?

– Je vous en prie, Torilla, ne me laissez pas ainsi dans l'incertitude. J'ai confiance en vous, je sais que vous ne me mentirez pas, demanda-t-il avec insistance.

– Vous n'aimeriez pas entendre la vérité! rétorqua-t-elle pleine de dédain.

– Je n'ai absolument pas peur de la connaître!

Elle essaya de lui faire lâcher prise pour se libérer, mais il tenait fermement son poignet. Alors, se sentant captive, elle détourna la tête et dit, très bas, en regardant au loin devant elle les rayons du soleil levant qui jouaient sur les eaux du lac :

– Je viens de Barrowfields!

– Barrowfields? répéta-t-il avec ahurissement.

A en juger par le son de sa voix, cet endroit n'évoquait absolument rien pour lui. Avait-il oublié l'existence de la mine? Ou bien cet endroit infernal lui semblait-il ne devoir avoir aucun rapport avec elle?

Quel que puisse être le motif de son ignorance, ce fut cet air de tomber des nues qui balaya les dernières hésitations de Torilla. Sa colère et sa haine pour le propriétaire de la mine l'envahirent et chassèrent l'émotion qu'avait suscité en elle le chaud contact de la main qui la retenait captive. Ce fut d'une voix forte et résolue qu'elle répondit :

– Oui : de Barrowfields! C'est un village du Yorkshire, milord! Et c'est l'endroit le plus sordide, le plus immonde, le plus dégoûtant qui soit, car les gens qui vivent là travaillent à la mine Havingham!

Elle s'était tournée vers lui et le toisait fièrement. Instinctivement, il lui lâcha le poignet, tandis qu'elle poursuivait, animée par sa colère :

– Savez-vous seulement que ce puits est dangereux? Savez-vous que pas un mois ne se passe sans un accident? Et, quand les hommes ne sont pas tués, ils restent infirmes pour le reste de leur existence; ne le savez-vous pas? Et me direz-vous que vous ignorez ce qui se passe au fond de la mine? Qu'il s'y produit des explosions et des incendies, et que vous ignorez également qu'il y a de l'eau? Et que, dans cette eau, il y a de pauvres petits enfants qui travaillent en y barbotant des heures, toute la journée? Il y a tout cela au fond, mais ce qu'il n'y a pas, c'est une aération convenable!

Elle voulut jeter un regard vengeur au marquis. Mais quand son regard croisa le sien, elle lut dans ses yeux un étonnement sincère. Il la regardait avec stupeur.

Elle poursuivit néanmoins son réquisitoire, mais les mots lui venaient mal :

– Dans toutes les autres exploitations minières du sud du Yorkshire, on a installé des pompes Buddle : un système de ventilation inventé depuis neuf ans! Mais il paraît que la mine Havingham n'est pas assez riche pour se permettre un tel luxe!

» Dans les mines appartenant à lord Fitzwilliam on utilise des lampes tempête offrant toute sécurité; mais la mine Havingham ne peut pas non plus s'offrir cela! Pas plus qu'elle ne peut accorder aux mineurs des primes de rendement ou la moindre gratification!

Torilla mit beaucoup de violence et beaucoup d'amertume dans ses paroles. Elle finit par détourner la tête comme si elle ne pouvait supporter la vue du marquis. Elle regarda au loin, dans le parc, et se tut un instant.

Elle reprit d'une autre voix :

– Que croyez-vous donc que je puisse penser de vous, quand j'entends parler des magnifiques écuries de course dont vous êtes propriétaire? Quand je sais que vous êtes l'un des hommes les plus riches de l'Angleterre et que vous possédez tant de choses et tant de maisons que vous ne pouvez même pas les compter?

Comme le marquis se taisait toujours, elle poursuivit avec douleur :

– Avez-vous pris un jour le temps de penser à la manière dont vous pourriez vivre avec un salaire hebdomadaire de treize shillings et six pence : ce que les mineurs gagnent? Et admettriez-vous, si vous gagniez trois livres par mois, que l'on vous déduise onze shillings pour les bougies et la poudre que vous consommeriez pour votre travail?

Torilla reprit sa respiration. Et maintenant, sa voix tremblait d'émotion pour dire :

– Mais ce sont les petits enfants dont le sort me hante : des enfants qui n'ont jamais assez à manger, des enfants qui sont battus quand ils ont peur dans l'obscurité des galeries, ou quand ils s'endorment de fatigue en travaillant au fond...

Elle se tut, les yeux pleins de larmes. Mais elle ne voulait pas que le marquis puisse la voir pleurer, aussi lui tourna-t-elle brusquement le dos pour pouvoir achever ce qu'elle avait à lui dire :

– Je savais depuis longtemps, avant de venir ici, que vous étiez le démon en personne... un monstre que j'ai maudit chaque jour depuis que je vis à Barrowfields! Alors... alors, comment voulez-vous que je puisse souhaiter que Beryl, que j'aime tant, se marie avec vous?

Après avoir lancé ces dernières paroles qui plongèrent le marquis dans la stupeur, Torilla s'enfuit en courant sans jeter un regard en arrière. Les larmes l'aveuglaient.

Elle ne songea à les essuyer qu'à proximité du château. Elle se frotta sauvagement les yeux avec son mouchoir avant de se précipiter à l'intérieur de la maison. Elle monta directement dans sa chambre pour se rafraîchir le visage et essayer de faire disparaître toute trace des émotions qu'elle venait d'avoir. Tout en se livrant à cette tâche ardue, elle se répétait avec exultation :

« Tout est bien : il connaît la vérité. Désormais il me haïra autant que je le hais! »

Elle ne parvenait cependant pas à apaiser complètement l'émotion qui l'agitait et continuait à se demander ce que pensait le marquis de ses révélations. Elle se souvint de l'expression d'étonnement qu'elle avait vue sur son visage et, à la réflexion, estima qu'il avait l'air sincère : le marquis ignorait-il les conditions de travail et de vie des mineurs de Barrowfields?

Elle ne se départissait pas pour autant de sa haine, jugeant qu'il était responsable de ce qui se passait à la mine Havingham. N'était-il pas propriétaire de la mine? N'en tirait-il pas tout le profit? Or, Torilla estimait qu'un homme n'a pas le droit d'exploiter des êtres humains sans se soucier des conditions dans lesquelles ils travaillent pour lui. C'étaient là les paroles de son père. Elle se les répéta à satiété pour mieux raffermir sa haine qu'elle était farouchement résolue à ne pas laisser s'éteindre.

Comment, d'ailleurs, absoudre le marquis, fût-il même dans l'ignorance de ce qui se passait à Barrowfields? N'aurait-il pas dû se préoccuper de savoir comment était menée l'exploitation d'une mine qui portait son nom?

Aussi Torilla se répétait-elle avec véhémence : « Je le déteste! je le déteste! », tout en descendant l'escalier pour aller retrouver Beryl et prendre avec elle son petit déjeuner. Le marquis n'était pas là et elle en fut grandement soulagée.

Mais elle ne put éviter sa présence au repas de midi : c'était un déjeuner privé qui réunissait de nombreux invités. Le marquis était assis à l'autre extrémité de la table et Torilla ne pouvait s'empêcher de lui jeter un regard de temps à autre, tout en se répétant en son for intérieur : « Je le déteste! »

Il était assis à droite de Beryl qui l'adulait ouvertement et avait, de l'autre côté, la jeune épouse d'un pair, qui déployait toutes ses ressources de séduction.

Torilla se dit en elle-même : « Elles ne se soucient vraiment pas de ce qu'il vaut! » Elle se sentit pleine de mépris pour elles; mais il lui revint aussitôt à l'esprit qu'elle avait, elle aussi, été étrangement bouleversée par cet homme-là, le matin même, lorsqu'il lui avait pris la main. Et elle en vint à penser qu'il devait avoir une sorte de charme magique qui opérait sur toutes les femmes.

Elle conclut avec sévérité : « Il a le charme perfide du Diable. Il est tout ce qu'il y a de plus méchant, de plus faux et de plus méprisable. Heureusement, dès que le mariage aura été célébré, je ne le reverrai plus jamais! »

Cette idée, pour rassurante qu'elle fût, ne lui apportait nul réconfort, bien au contraire, et elle s'étonnait de la mélancolie qui l'envahissait. Elle s'efforça de la chasser en songeant au lamentable état de choses qui régnait à Barrowfields. Elle se refusait énergiquement à laisser le souvenir s'en estomper en se laissant amollir par l'atmosphère de luxe et de beauté dans laquelle elle se trouvait momentanément au château de Fernleigh.

Ce n'était pas chose facile. Et elle eut un moment de détresse quand Beryl lui annonça, pour le soir même, un grand dîner pour fêter ses fiançailles. Elle l'avait aussitôt entraînée dans sa chambre en lui disant gentiment :

– Viens vite choisir avec moi une de mes robes du soir. Il faut que nous en trouvions une, dans mes affaires, qui t'aille bien. Je tiens à ce que tu sois très, très belle !

Torilla aurait bien voulu lui dire qu'elle ne se sentait, quant à elle, nullement le cœur en fête. Mais c'était vraiment une chose impossible à dire ! Comment, d'ailleurs, refroidir l'enthousiasme de Beryl et repousser ses générosités ?

Elle décrochait et tirait de sa penderie, une à une, toutes ses plus somptueuses toilettes de bal, les maintenait un moment devant sa cousine pour juger de leur effet.

– Avec les robes blanches tu as l'air d'une mariée : ça n'irait pas. D'ailleurs, c'est la couleur que je suis obligée de porter. Mais Gallen m'a offert une merveilleuse parure de turquoises que je pourrais te prêter... et j'ai justement une robe de la même couleur, déclara Beryl, soudain songeuse.

– Je pourrais mettre du rose, lui suggéra timidement Torilla.

– Si : mets du blanc; tu auras l'air d'un ange... ou plutôt d'une sainte : ce serait plus juste ! commença à dire Beryl d'un ton lyrique. (Puis elle se mit à rire :) Sainte Torilla : voilà comment je t'appellerai désormais, je crois bien ! Tu es si parfaite, ma petite chérie ! Et quand j'y pense, je me sens honteuse de toutes les choses que j'ai faites et que tu condamnes.

Mais Torilla se récria avec lassitude :

– Oh ! non... je ne suis pas une sainte ! Moi aussi... j'ai fait des choses répréhensibles.

Beryl se mit à pousser de grands cris indignés :

– Tu ne me le feras jamais croire ! Tu es parfaite comme tu l'as toujours été ! Et, en plus, Torilla, tu as le pouvoir de rendre les gens meilleurs qu'ils ne sont : tu leur donnes envie d'être vertueux !

– Je t'en prie... je t'en prie... Beryl, ne me dis plus de pareilles choses ! supplia sa cousine.

Torilla se sentait affreusement honteuse en face de Beryl. Elle l'avait involontairement trompée en ne lui avouant pas qu'elle avait permis au marquis de l'embrasser, et elle continuait à le faire.

Elle renonça à lui avouer son péché en se souvenant que sa mère lui avait dit autrefois : « On doit toujours avouer les fautes que l'on a commises, Torilla, sauf dans le cas particulier où notre aveu pourrait faire du mal aux autres. »

Sur le moment même, elle n'avait pas bien compris, étant petite fille, ce que voulait dire sa mère ; mais elle se rendait compte aujourd'hui qu'elle aurait pu faire, dans le cas présent, beaucoup de chagrin à sa cousine.

Elle avait commis une mauvaise action. C'était elle, et elle seule, qui devait en supporter les conséquences et elle n'avait pas le droit de rendre Beryl malheureuse. Mais il lui en coûtait de devoir se taire.

Légère comme un oiseau, mais sérieuse, Beryl poursuivit :

– Tu peux dire tout ce que tu voudras, Torilla ! Mais je t'affirme que tu me donnes envie d'être vertueuse ! Et – qui sait – peut-être y arriverai-je un jour.

Elle réfléchit un moment. A la fin, une lueur

malicieuse monta dans ses yeux; et elle s'écria d'une voix enjouée :

– Oui, mais alors, ce que je deviendrais ennuyeuse! Gallen s'enfuirait sûrement sur-le-champ!

Et elle se mit à tournoyer et à danser tout autour de la chambre en tenant à pleins bras la robe blanche qu'elle voulait faire mettre à Torilla. Elle prenait sa cousine à témoin en riant :

– Te rends-tu compte comme la vie serait triste et morne si, tout à coup, tous les gens devenaient des saints et ne pensaient plus qu'aux bonnes œuvres? Lord Newall ne songerait plus à me réclamer des baisers! Gallen ferait son devoir et retournerait dans les bras de l'un de ses premiers flirts! Et la moitié des couturières et des modistes de Londres fermeraient boutique!

Elle lança la jolie robe blanche sur une chaise et s'exclama joyeusement :

– Non! Non! Pas de ça! Chacun à sa place : toi debout sur ton piédestal et moi dans mon bain de champagne!

– Tu veux te baigner dans du champagne, maintenant? demanda Torilla qui ne put s'empêcher de rire.

– Presque! Mais, tu sais, c'est vrai, certaines jolies femmes de Londres prennent des bains de champagne. Elles croient que c'est bon pour la peau!

– Jamais je n'aurais imaginé une excentricité pareille! Je sais bien que certains dandies utilisent du champagne pour faire briller leurs bottes; mais, de là à prendre un bain... On n'a jamais rien vu d'aussi ridicule!

Beryl prit un ton sentencieux :

– Les gens feraient n'importe quoi pour s'embellir! Mais, moi, Dieu merci, je n'ai pas besoin de me compliquer la vie pour soigner mon teint!

– Tu as toujours eu une peau merveilleuse, renchérit Torilla avec sincérité.

– Comme toi, Torilla! lui fit observer Beryl. (Puis elle changea aussitôt de sujet, sautant du coq à l'âne suivant son habitude.) Oh! mais j'ai oublié de te dire!...

Beryl se tut un bon moment. Plantée devant son miroir, elle s'observa sévèrement de la tête aux pieds, puis finit par se tourner vers Torilla en lui déclarant d'un ton solennel :

– Figure-toi que tu plais beaucoup à Gallen! Je suis bien contente, car je ne l'espérais pas du tout. Il n'accorde aucun intérêt aux jeunes filles en général, comme je te l'avais dit. Il ne leur adresse même pas la parole!

Torilla fut sur le point de répondre qu'elle détestait le marquis et que ce qu'il pouvait penser d'elle n'avait pas la moindre importance. Pourtant elle n'en fit rien et laissa sa cousine poursuivre. Elle se surprit même à écouter avec avidité les propos que lui rapportait Beryl.

– Je lui ai demandé ce qu'il pensait de ma cousine et meilleure amie. Et sais-tu ce qu'il m'a répondu?

– Qu'a-t-il dit? demanda Torilla haletante.

– Gallen m'a répondu : « C'est une personne comme on en rencontre peu; et elle est d'une exceptionnelle beauté. »

Torilla rougit violemment. Elle murmura, troublée :

– Il t'a dit cela par pure politesse... J'en suis certaine!

– Tu ne connais pas Gallen! Il ne s'embarrasse jamais de mensonges de ce genre! Il est toujours d'une franchise brutale, quand il juge les gens. Il ne s'est pas gêné pour dire (il était alors le seul à le faire) que le beau Brummel n'était qu'un « portemanteau ambulant », et que lady Jersey « avait l'air d'une perruche avide », raconta Beryl en riant.

Mais elle reprit son sérieux pour donner plus de poids à ce qu'elle voulait dire à Torilla :

– Je peux t'affirmer qu'il n'a pas l'habitude de faire des compliments aux gens. Il a plutôt celle de les remettre à leur place! Je suis bien contente. Je souhaitais que tu lui plaises pour que tu puisses venir habiter chez nous après mon mariage. Ainsi je pourrai te trouver un mari convenable.

Torilla pensa immédiatement qu'il y avait bien peu de chances, après ce qu'elle avait dit au marquis le matin dans le parc, pour qu'il soit disposé à la recevoir sous son toit! Mais elle n'en souffla mot et se borna à répondre d'un ton détaché :

– Tu es vraiment trop gentille avec moi, ma petite Beryl! Et merci aussi pour la robe!

– J'ai déjà demandé à la femme de chambre de porter dans ta chambre pas mal de choses que je voulais te donner. Elle doit être en train de les emballer, car nous partons demain pour Londres.

– Oh! Alors, je te remercie encore, Beryl!

– Tu sais, il y a un monceau de vêtements à Londres que je ne remettrai jamais, reprit Beryl. Ils t'attendent. Tu n'as pas besoin d'emporter tes vieilles robes usées. Demande aux domestiques de les mettre au feu!

– Pas du tout : je les remporterai avec moi à Barrowfields, déclara Torilla d'un ton ferme.

Car elle savait qu'il lui serait impossible de porter là-bas les vêtements que lui donnait Beryl : elle aurait l'air trop habillée, trop élégante. Ce serait impossible au milieu de la misère qui régnait là-bas...

Lorsqu'elle descendit, le soir, pour le dîner, le salon était déjà plein d'invités et il lui fut impossible d'apercevoir le marquis et de savoir s'il l'avait remarquée ou non. Elle avait beau se dire qu'il était mal de sa part d'attacher de l'importance à l'opinion du marquis, elle aurait bien aimé savoir quelle impression elle lui ferait avec l'élégante toilette qu'elle portait. Ne l'avait-il pas trouvée jolic, quand elle n'avait sur elle que la vieille robe bleue usée jusqu'à la trame que la bonne Abby lui avait faite?

L'exquise robe de voile blanc, qui avait dû coûter un prix astronomique chez un grand couturier, lui donnait une grâce de sylphide et mettait admirablement en valeur sa silhouette. La femme de chambre de sa cousine lui avait fait une coiffure à la dernière mode. A défaut de bijou, elle avait piqué dans ses cheveux blonds un minuscule bouquet de fleurs printanières.

Quand elle se vit dans le miroir de sa chambre, elle dut reconnaître, très honnêtement, qu'elle était totalement différente de la jeune fille timide et mal habillée qui avait dîné un soir avec le marquis, à l'Auberge de St. George et le Dragon.

Cependant elle n'était pas consciente de ce qui faisait le caractère exceptionnel de sa beauté : la grande intériorité de son visage, la profonde spiritualité qui illuminait ses yeux, voilà ce qui la différenciait de toutes les autres. Le rayonnement et le charme de la jeune fille ne devaient rien à l'élégance raffinée de sa toilette.

Elle était tellement mince et gracieuse qu'elle n'avait pas l'air de marcher, mais de flotter dans l'atmosphère. Et, soudain, elle vit le marquis qui la regardait. Leurs yeux se croisèrent un instant, mais elle détourna aussitôt les siens, sentant que son cœur se mettait à battre follement.

Il ne lui dit pas un mot et ne s'approcha pas d'elle de toute la soirée. Il semblait n'avoir d'autre préoccupation que de chercher à amuser tous les invités qui portaient toast sur toast en l'honneur de ses fiançailles avec Beryl. C'était à qui chanterait le plus fort les vertus du futur couple. Les louanges fusaient de toutes parts.

Ainsi lady Clarke interpella Torilla pour lui dire :

– On ne peut rêver mariage mieux assorti!

– C'est vrai... en effet, madame, concéda la jeune fille.

– Et ce sera sûrement bientôt votre tour, ajouta la vieille dame qui avait bien connu la famille de Torilla quand elle était enfant et habitait le pays.

Gentiment, elle posa sa main sur l'épaule de la jeune fille pour lui dire avec les meilleures intentions :

– Je suis certaine que vous allez rencontrer des quantités de jeunes gens charmants qui mourront d'envie de vous épouser et qui seront assez intelligents pour passer outre votre absence de dot et se moqueront bien que vous soyez fille de pasteur!

La vieille dame voulait ainsi témoigner de la bonté à Torilla et sans doute lui donner du courage. Mais son intervention eut pour seul effet de faire comprendre à la jeune fille à quel point elle avait, socialement, peu d'importance. Si bien qu'en dépit de la joie avec laquelle elle avait retrouvé, parmi les invités, beaucoup de gens qu'elle avait connus dans son enfance, tout son plaisir en fut gâché et elle poussa un soupir de soulagement quand la réception fut terminée.

Avant de partir, tous les invités renouvelèrent leurs félicitations et leurs congratulations, et annoncèrent l'envoi de cadeaux somptueux qui devaient être livrés au château dans les prochains jours.

Lorsque le dernier se fut enfin éloigné, Beryl soupira :

– Quelle bande d'hypocrites! Si ce n'était pas avec Gallen que je me mariais, je suis sûre que personne ne m'offrirait rien de mieux qu'un petit plateau à toasts.

Torilla prit un ton conciliant :

– Mais tout le monde t'aime beaucoup, ma chérie!

– Penses-tu! Tous ces gens-là ont passé leur temps à me critiquer depuis ma présentation dans le monde! Mais aujourd'hui, je suis en passe de devenir un personnage éminent et une relation utile. Ils se découvrent alors un amour fou pour moi, et prétendent avoir toujours admiré ma conduite outrageusement scandaleuse!

Torilla fut heureuse de constater une fois de plus que sa cousine avait su conserver sa merveilleuse faculté de ne pas se prendre au sérieux.

Le comte revint dans le salon en s'exclamant :

– Ouf! C'est terminé, Dieu merci! Et, surtout, Beryl, ne manquez pas de bien faire entendre à votre mère que je ne veux plus être entraîné dans aucune festivité jusqu'au jour de votre mariage, n'est-ce pas?

Beryl soupira :

– Je suis certaine que maman sera extrêmement contrariée, si vous refusez de nous accompagner dans les réceptions qui vont être organisées par les uns et les autres en l'honneur de mes fiançailles, papa!

– Ce sera bien assez que je sois là à mon poste pour serrer les mains de tous ces sots qui n'ont rien de mieux à faire que de venir parader à l'église Saint-George sous prétexte d'assister à votre mariage! Si l'on veut m'obliger à faire autre chose, je reste ici avec mes chiens et mes chevaux!

– Bien sûr, papa : cela va de soi! On vous connaît : on sait bien que vous n'aimez pas les mondanités! dit Beryl avec une tendre indulgence, puis elle embrassa son père.

Avant de quitter la pièce, elle lui recommanda :

– Dites à Gallen, à son retour, que je suis montée me coucher, papa.

– Tiens, où est donc passé le marquis? demanda Torilla, intriguée de cette disparition pour le moins insolite.

Beryl répondit avec une indifférence totale :

– Je suppose qu'il doit se promener seul dans le jardin. C'est très romantique! Mais je n'ai pas la moindre envie d'aller le rejoindre : je suis bien trop fatiguée!

Et comme sa cousine la regardait avec une certaine surprise, elle la prit par le bras et l'entraîna vers l'escalier, en lui chuchotant avec beaucoup d'excitation :

– Je monte avec toi. Il faut que je te dise : nous

allons bien nous amuser à Londres. Figure-toi que Gallen vient de m'annoncer, tout à l'heure, qu'il avait un petit voyage de quelques jours à faire et qu'il ne nous rejoindrait que plus tard à Londres. Je vais pouvoir te faire connaître lord Newall. J'aimerais bien savoir ce que tu penseras de lui.

– Oh! Beryl! Est-ce raisonnable? la gourmanda Torilla.

– Il est possible que ce ne soit pas raisonnable, mais ce sera amusant, en tout cas! Alors, inutile d'essayer de m'empêcher de le rencontrer, Sainte Torilla! Une femme a bien le droit de faire la fête une dernière fois avant le jour de ses noces! déclara Beryl sur un ton de défi.

Puis elle embrassa Torilla et se précipita dans sa chambre sans lui laisser le temps de dire un mot!

Lorsqu'elle se fut couchée, Torilla resta longtemps éveillée dans son lit, passant en revue tous les événements de la journée. Au bout du compte, elle se sentit très gênée d'avoir osé dire au marquis tout ce qu'elle lui avait dit.

Elle en vint même à se demander si ce n'était pas à cela qu'il pensait en se promenant seul, cette nuit, dans le jardin.

Elle regrettait de s'être laissé emporter par la violence de sa rancune et de lui avoir ainsi jeté au visage toutes ces accusations qu'il méritait. Elle comprenait, trop tard, qu'il eût mieux valu lui parler posément de la mine et lui exposer par le menu toutes les horreurs qui faisaient la vie quotidienne à Barrowfields.

Elle déplorait son impatience, en pensant aux malheureux mineurs, se disant avec tristesse : « Peut-être avais-je une chance de demander et d'obtenir du marquis qu'il fasse les réformes nécessaires... et je l'ai stupidement gâchée par mon comportement impulsif... »

Elle se sentit si désolée qu'elle se mit à pleurer à chaudes larmes. Tout se mêlait dans sa tête. Il lui semblait qu'elle avait été prise dans un extraordinaire imbroglio depuis sa rencontre avec le marquis. Rien n'était explicable, mais tout lui faisait mal : le chagrin de voir Beryl faire un mariage d'intérêt sans amour, la tension entre elle-même et le marquis, la manière insolite dont elle avait fortuitement fait sa connaissance, le jugement qu'elle portait depuis longtemps sur lui. Mais il y avait surtout ce à quoi elle s'interdisait de penser : le baiser merveilleux qu'ils avaient échangé et dont elle conservait pieusement le souvenir comme un trésor enfoui au plus profond de son cœur, mais dont la beauté était flétrie depuis qu'elle avait pris conscience de la faute qu'il représentait.

Torilla trouva Londres encore plus fascinant qu'elle ne l'avait imaginé.

Sa tante n'avait pas changé et avait souhaité la bienvenue aux deux jeunes filles à sa façon : elle reprocha à Beryl de ne pas être arrivée plus tôt et déclara qu'elle espérait bien que Torilla aiderait sa cousine et ne lui créerait pas d'embarras, le tout d'une voix sèche et pointue !

« C'est exactement comme autrefois », pensa tout de suite Torilla. Elle se souvenait de la façon dont sa tante interrompait toujours leurs jeux au meilleur moment, parce qu'il était l'heure d'aller au lit, ou bien les punissait à tort et à travers pour des peccadilles, ne s'apercevant jamais des grosses sottises que faisaient les fillettes.

La comtesse de Fernleigh était différente en tout de sa sœur cadette Elisabeth.

Si elle était si souvent nerveuse et même franchement désagréable, cela ne venait-il pas de ce qu'elle n'avait pas été heureuse en ménage, au contraire de sa sœur? Il était malheureusement flagrant que le comte et la comtesse n'étaient pas faits pour s'entendre et qu'ils étaient fort satisfaits de vivre loin l'un de l'autre la majeure partie du temps.

La comtesse, qui était restée une très jolie femme, avait un cercle imposant d'admirateurs toujours prêts à se dévouer, en l'absence de son mari, pour l'escorter partout.

Quant au comte, il lui suffisait, pour se sentir parfaitement heureux – comme il ne manquait pas une occasion de le dire – d'avoir ses chevaux et ses chiens. Ainsi les époux menaient-ils chacun la vie qui lui plaisait et qui excluait la compagnie de l'autre.

Torilla pensait souvent avec bon sens : « Toutes les femmes ont probablement besoin de la protection d'un mari, tante Louise comme les autres! » De toute évidence, la comtesse s'estimait mal lotie, car elle ne manquait pas de faire remarquer la carence de son époux en maintes occasions.

A peine Beryl et Torilla furent-elles arrivées à l'hôtel de Fernleigh que la comtesse leur dit d'un ton pointu :

– Je suppose, Beryl, que votre père n'a pas l'intention de s'occuper de quoi que ce soit pour le mariage et qu'il va tout me laisser sur le dos, comme d'habitude?

– Vous savez très bien comment est papa!

– Oh! oui! je le sais! Tout ce que j'espère, c'est qu'il ne fera pas trop d'histoires quand il recevra les factures! répliqua-t-elle d'un ton acide.

– Mais bien sûr, maman! Papa s'y attend et si nous ne l'importunons pas, il ne regimbera pas pour signer les chèques : c'est la seule chose qu'il accepte de faire de bonne grâce dans la maison, répondit Beryl d'un ton insouciant.

La comtesse soupira :

– Tant qu'il voudra bien le faire, je n'ai qu'à me contenter d'accepter la situation... Quant à nous, la première chose dont nous aurons à nous occuper demain, ce sera d'aller choisir votre robe de mariée et, je présume, celle de demoiselle d'honneur pour Torilla.

– Oh! Merci, tante Louise! C'est vraiment trop gentil! s'empressa de dire sa nièce avec beaucoup d'humilité.

– Je ne comprends pas pourquoi Beryl ne veut que vous comme demoiselle d'honneur! Il me semble qu'un cortège d'une bonne dizaine de jeunes filles ferait bien meilleur effet! fit remarquer la comtesse qui avait l'air bien décidée, ce soir-là, à chercher la petite bête à sa fille.

Mais Beryl répliqua d'un ton péremptoire :

– Je veux être le point de mire de la foule le jour de mon mariage : la seule offerte à l'admiration, avec tout le prestige de la chose unique, isolée dans ma splendeur! Avec juste Torilla! Je pourrais lui donner ma gerbe à porter. Si une bande de filles pomponnées et coquettes me suivaient, l'effet ne serait pas du tout le même.

– Dans un certain sens... je comprends ce point

de vue, admit enfin la comtesse qui semblait pensive. (Puis aussitôt, elle demanda, de nouveau agressive :) Savez-vous si le marquis fera envoyer des fleurs de ses serres?

– Je n'en ai pas la moindre idée, maman! Je vous laisse le soin de régler avec lui ces petits détails.

– Naturellement! Je devais d'ailleurs m'y attendre! C'est moi qui vais devoir tout organiser, veiller à tout! Je me demande ce que vous feriez tous, si je n'étais pas là.

Beryl agita les mains et répondit sans s'émouvoir :

– Ce serait sûrement la pagaille la plus complète, sans vous, maman! Voilà, je le reconnais humblement! C'est ce que vous vouliez me faire dire, n'est-ce pas? Eh bien! Voilà qui est fait!

La comtesse déclara d'un ton prophétique :

– Vous verrez, Beryl! Vous verrez... quand vous serez mariée et que vous vous retrouverez seule pour tout faire dans une maison! Vous comprendrez mes tracas.

Beryl se mit à rire :

– Mais, maman, vous aimez vous donner du mal! Et cela vous fait tellement plaisir de tout organiser à votre idée que si Torilla ou moi tentions de vous aider, vous nous mettriez dehors! Allons, arrangez tout à votre idée; mais n'oubliez pas quand même qu'il faut faire le siège du prince régent, si nous voulons obtenir ce que nous désirons de lui.

Sa mère prit un air suffisant pour expliquer :

– Quand il s'agit de cérémonies, je le mène par le bout du nez! Ne vous inquiétez pas. Son Altesse Royale apprécie hautement mes qualités d'organisatrice – qu'il qualifie de professionnelles – ce que l'on ne peut pas dire de sa grosse indolente lady Hereford!

– Mais il en est très amoureux, maman!

– Dieu seul sait pourquoi! grommela la comtesse, avant de sortir de la pièce en coup de vent.

Beryl se tourna en riant vers sa cousine :

– La pauvre maman! dit-elle à demi moqueuse. Il fut un temps où elle avait jeté son dévolu sur le prince régent : mais elle était un peu trop jeune pour lui, et surtout beaucoup trop mince! Il n'aime que les femmes grasses, maternelles et plus vieilles que lui... Alors maman ne répondait pas aux conditions requises!

Le lendemain soir, Torilla fut présentée au prince régent. Au premier abord, elle fut très surprise. Vu sa réputation de séducteur, elle ne l'avait pas imaginé du tout ainsi et elle ne comprenait pas comment il pouvait avoir de l'attrait pour qui que ce fût.

Plus tard dans la soirée, après s'être entretenue avec lui, elle comprit enfin qu'il avait un charme si irrésistible par son esprit que l'on oubliait sa grosseur monstrueuse, qu'il se poudrait exagérément le visage et que les sièges craquaient quand il s'asseyait.

Il dit aimablement à Torilla :

– Mais vous êtes ravissante, mon enfant : vous n'allez pas tarder à avoir, comme votre cousine, tous les jeunes beaux tournant autour de vous comme des abeilles autour d'un pot de miel!

Mais Torilla sourit gentiment :

– Je ne pense pas pouvoir jamais rivaliser avec Beryl, sire.

– C'est une jeune femme vraiment captivante et elle nous l'a bien prouvé en capturant le plus captivant de tous nos célibataires et en le réduisant à la captivité! déclara le prince, qui aimait beaucoup faire des jeux de mots...

Torilla ne manqua pas de remarquer qu'il avait répété cette phrase (dont il devait être très fier) à plusieurs personnes au cours de la soirée.

Mais tout le monde réclamait le marquis. On s'étonnait de son absence et son nom était sur toutes les lèvres. Torilla eut l'occasion de saisir au vol, dans la foule qui se pressait, dense, ce soir-là, dans les salons de Carlton House, quelques réflexions qui la firent frémir d'indignation et d'inquiétude pour l'avenir de sa cousine.

Ce fut d'abord un tout jeune dandy qui pérorait dans un groupe proche de Torilla. Il déclara, d'un ton persifleur :

– Notre chère *Incomparable* ne sait pas quel gibier elle a pris en s'emparant de Gallen! Elle ignore ce qui l'attend...

– Pour qu'il se tienne tranquille, il lui faudrait au moins un régiment d'Incomparables! répliqua une jolie femme d'un ton acide.

Et tout le monde rit très fort. Puis quelqu'un d'autre lança gaiement :

– Non : c'est vraiment drôle! Comment imaginer Havingham enchaîné par les liens sacrés du mariage? Impossible, mes chers, même sachant ce que vaut la sainteté de ces liens-là...

Un autre renchérit :

– Certes, et ce n'est pas non plus la sainteté de la chose qui a pu attirer Gallen : on le connaît trop bien!

Torilla s'enfuit pour ne pas entendre la suite. Ces remarques grossières et déplaisantes la blessaient profondément; et elle en conclut que c'était pour Beryl qu'elle souffrait autant.

Elle comprenait mal ces médisances. Après tout, le marquis était intervenu d'une manière toute chevaleresque pour la délivrer des odieuses entreprises de sir Joscelyn! Il avait été très bon et prévenant avec elle et s'était conduit sans la moindre équivoque jusqu'à la fin du dîner auquel il l'avait conviée. « Ce n'est qu'à la toute dernière minute », se répétait Torilla... et encore n'avait-il rien fait de choquant ou de blessant.

Elle était bien obligée de convenir, en toute honnêteté, qu'elle avait cherché ce qui était arrivé, et qu'elle avait sa part entière de responsabilité dans le péché qu'ils avaient commis... si toutefois ce baiser constituait réellement un péché! Mais elle gardait en elle-même la conviction que, si elle avait voulu se dérober, si elle avait repoussé, si peu que ce fût, le marquis, celui-ci n'aurait pas insisté et l'aurait laissée libre de ses mouvements.

Elle n'avait fait aucun geste de protestation et avait immédiatement capitulé. Elle lui avait spontanément livré ses lèvres et s'était abandonnée tout entière aux délices de ce baiser qu'ils avaient prolongé jusqu'à cette extase merveilleuse qu'elle se savait incapable d'oublier – le marquis se marierait-il mille fois! Tout occupée à remuer ces pensées, Torilla n'avait guère regardé autour d'elle et, pourtant, le temps s'était écoulé très vite.

Comme elle s'apprêtait à quitter Carlton House, sa tante vint lui dire :

– Je n'arrive pas à trouver Beryl!

En la voyant si irritée, Torilla lui proposa de partir à la recherche de sa cousine. La comtesse la prit à témoin :

– Nous étions convenues de partir d'ici à 2 heures du matin ! Et la voilà qui disparaît juste au moment où elle devrait être là : c'est bien de Beryl, cette manière d'agir ! Vous pourriez aller voir dans le jardin, Torilla. Elle doit être quelque part avec un de ses soupirants; et pendant qu'il lui fait une cour ardente, elle aura oublié l'heure !

Carlton House était une demeure immense et, pour les nouveaux venus, il n'était pas facile de se repérer à travers le dédale de ses aménagements complexes. Néanmoins, Torilla parvint à se frayer un chemin dans la foule élégante et à découvrir une grande porte-fenêtre ouverte sur les jardins. L'ayant franchie, elle se trouva sur la grande terrasse qui les surplombait.

Elle s'appuya contre la balustrade et se pencha pour scruter les ombrages, espérant apercevoir la robe bleu turquoise de Beryl dans les lueurs vacillantes que jetaient les lampions accrochés dans les arbres pour éclairer le jardin. Mais tant de femmes se promenaient au bras de gentilshommes magnifiquement vêtus, qu'il lui sembla qu'elle n'arriverait jamais à distinguer sa cousine parmi ces couples.

Elle en conclut aussitôt : « Il faut que je descende dans le jardin, si je veux la retrouver », et elle se dirigea vers l'extrémité de la terrasse où se trouvait un escalier de pierre.

Tout en descendant les marches, elle regardait de tous côtés, mais ne voyait toujours pas Beryl.

Elle erra longtemps dans le jardin sans résultat,

aussi décida-t-elle de retourner près de sa tante pour voir si Beryl ne l'avait pas rejointe pendant qu'elle-même courait partout à sa recherche. Mais juste à ce moment-là, elle découvrit sa cousine.

Elle aperçut la grande tache bleue de la robe qu'elle cherchait tout au fond du jardin, de l'autre côté d'une petite rivière artificielle qui serpentait à travers les pelouses sous un éclairage féerique. C'était Beryl : il n'y avait aucun doute. Mais Torilla distinguait mal ce que faisait sa cousine. Elle finit par comprendre que Beryl était dans les bras d'un homme qu'elle étreignait passionnément.

Elle ne savait trop que faire. Il lui semblait impossible d'aller les déranger; mais la pensée de sa tante qui les attendait la tracassait.

Elle resta sur place, hésitante, regardant Beryl. Peu à peu, ses yeux s'habituèrent à l'obscurité et elle finit par distinguer clairement le couple. L'homme qui embrassait sa cousine était tellement grand que celle-ci était obligée de se tenir sur la pointe des pieds.

C'était la première fois de sa vie que Torilla voyait des amoureux s'embrasser devant elle : la première fois qu'elle assistait à cet échange de baisers passionnés qu'elle avait toujours cru la marque et le symbole mêmes de l'amour liant deux êtres pour l'éternité.

Or, cela lui faisait une impression un peu déconcertante de contempler cet échange de baisers, cette étreinte dans laquelle l'homme et la femme se perdaient, oubliant tout ce qui les entourait. Torilla trouvait qu'il y avait là quelque chose d'un peu mystérieux et d'une bouleversante beauté.

Et elle repensa immédiatement au baiser que le

marquis lui avait donné : elle avait connu cela, elle aussi, un soir...

Alors elle ne put s'empêcher de se demander si Beryl éprouvait, en cet instant même, des sentiments identiques à ceux qui l'avaient bouleversée dans les bras du marquis : Beryl avait-elle, elle aussi, l'impression de ne plus poser les pieds sur terre et d'être emportée dans un lieu où régnait le divin ?

Soudain, l'homme qui étreignait si fort sa cousine releva la tête et le vent porta ses paroles jusqu'à Torilla; il disait, d'une voix rauque :

– Je vous aime, Beryl! Dieu m'est témoin que je vous aime infiniment! Jamais je ne pourrai vivre sans vous!

– J'ai pourtant bien peur que vous ne soyez obligé de vous y résigner, car je tiens à épouser Gallen! répondit froidement Beryl à ce cri passionné.

– Comment pouvez-vous être aussi cruelle? Comment pouvez-vous me torturer pareillement? Je vais me tuer, je vous le jure!

– A quoi cela vous avancerait-il, voulez-vous me le dire? Les gens qui se suicident vont en enfer : et je n'irai donc jamais vous y retrouver, même au bout de quarante ou cinquante ans! répliqua sèchement Beryl.

– Oh! Beryl! Beryl! s'écria-t-il plusieurs fois de suite d'un ton désespéré.

– Mais pourquoi ne pas nous contenter tout simplement de profiter de ce que la vie nous offre, pendant que nous sommes sur terre, tous les deux? dit la jeune fille d'un ton suave.

Puis elle se rapprocha de lui et l'embrassa sur les

lèvres, en montant sur la pointe des pieds, avant de lui dire :

– Il faut que je vous quitte maintenant : je dois partir, sinon maman va se fâcher. Je vous verrai demain chez la duchesse de Richmond.

– Restez! Restez avec moi : ne m'abandonnez pas! Je ne puis le supporter, Beryl! insista-t-il.

Il tendit les mains pour essayer de la retenir, mais elle était déjà loin. Elle lui cria encore :

– A demain, Charles!

Le jeune homme poussa un gémissement sourd, mais ne tenta pas de la rattraper ni de la suivre.

Beryl s'éloigna promptement et traversa le léger pont de bois qui enjambait la rivière et que Torilla n'avait distingué qu'à cet instant. Alors, elle s'avança en s'écriant :

– Beryl, enfin! Tu étais par ici! Tante Louise m'a expédiée à ta recherche. Il est l'heure de rentrer à la maison.

– Je présume que maman doit être en colère contre moi? déclara la jeune fille avec désinvolture. (Puis elle ajouta :) Est-ce que tu t'es bien amusée, au moins?

– Formidablement! Toi aussi, j'espère?

Dès qu'elles furent assez près des fenêtres du bâtiment pour voir plus clair, Torilla examina sa cousine avec inquiétude. Elle redoutait en effet que toutes ces émotions trop visibles n'aient laissé des traces sur le visage de Beryl.

Mais celle-ci avait son visage habituel. C'est à peine si le léger sourire qui flottait sur ses lèvres pouvait donner à penser que quelqu'un venait de l'embrasser.

Elle regarda sa cousine et lui dit brusquement, dans un élan de sincérité :

– En réalité, je me suis mortellement ennuyée toute la soirée, sauf pendant quelques instants!

5

Le bal donné chez lady Melchester fut la plus extravagante et la plus magnifique de toutes les réceptions auxquelles Torilla assista à Londres.

La comtesse protesta d'ailleurs quand Beryl parla de s'y rendre avec Torilla. Elle ne voulait pas que les deux jeunes filles y assistent.

– Je ne puis souffrir cette femme! Elle n'est pas sérieuse et a nombre d'aventures scandaleuses. Je ne comprends pas pourquoi vous avez envie d'aller chez elle, Beryl! Les femmes comme cette Melchester vous font toujours des invitations pressantes, mais on se doit de les laisser tomber, expliqua la comtesse avec mépris.

– Mais, maman, on s'amuse bien chez elle! Et tous mes amis doivent y aller!

La comtesse rétorqua vivement :

– Cette femme n'a rien qui puisse parler en sa faveur – hormis son argent! Oh! je sais bien, Beryl, pour la plupart de vos amis, il n'y a que cela qui compte!

La jeune fille se mit à rire et répondit avec enjouement :

– Mais, maman, parce que c'est précisément la chose qui leur manque le plus à tous!

Et, avant que sa mère n'ait eu le temps de lui répondre, elle poussa un petit soupir de contentement :

– C'est tout de même bien réconfortant pour moi d'avoir la certitude que jamais personne ne pourra en dire autant de Gallen! ajouta-t-elle béatement.

Au ton sur lequel sa mère lui répondit, on sentait très bien que la comtesse s'était radoucie à cette pensée :

– Certes, opina-t-elle. Et je suis même intimement persuadée, ma fille, que, si vous savez vous y prendre convenablement avec lui, Gallen se montrera un mari très généreux!

– Je saurai faire ce qu'il faut, soyez tranquille sur ce point, maman! affirma Beryl d'un ton péremptoire.

Torilla, qui lisait sur le sofa, referma son livre et se leva. Elle se dirigea discrètement vers l'embrasure d'une fenêtre du salon, soudain gênée d'entendre cette conversation entre la mère et la fille.

D'autant qu'elle trouvait fort déplaisant le ton sur lequel elles parlaient de Gallen. Il lui était pénible de les entendre parler ainsi du marquis.

Elle en souffrait pour lui, en dépit de tout son ressentiment. Beryl, qui n'avait aucune raison de se plaindre de son fiancé, et sa mère, qui jubilait à la perspective de ce mariage mirifique, n'auraient pas dû parler de cette façon mesquine.

Alors, elle comprit en un éclair la raison pour laquelle le marquis avait si souvent l'air cynique : n'était-ce pas à cause de l'attitude froidement calculatrice de toutes les femmes qu'il connaissait et parce qu'il percevait leur caractère dur et intéressé?

« Il est tellement intuitif! se répétait Torilla qui se rappelait la manière stupéfiante avec laquelle il avait deviné ses pensées intimes. Comment ne connaîtrait-il pas tout aussi bien les pensées de Beryl et celles des autres? »

Depuis le soir des fiançailles, Torilla finit par s'incliner devant l'inévitable et pria ardemment le ciel pour que Beryl se mette enfin à aimer le marquis, puisqu'elle devait devenir sa femme.

Elle se demanda à l'occasion ce que Beryl pouvait penser du mariage de ses parents et de leur désunion.

La comtesse ne manquait pas une occasion de critiquer son mari. Il ne se passait pas un jour sans qu'elle prononce quelque chose de méchant ou de sévère contre lui; et nul ne pouvait douter de ses sentiments à l'égard du comte.

Torilla se demanda avec tristesse si Beryl allait devenir une épouse du même genre que sa mère, car elle avait l'impression que sa cousine y était toute disposée.

Ayant une tout autre conception du mariage, elle s'en affligeait sincèrement, se rendant parfaitement compte que, si les époux ne sont pas profondément épris l'un de l'autre, le mariage n'est plus qu'une sinistre comédie vide de sens – la richesse du fiancé et la vie luxueuse qu'il peut offrir à son épouse ne servant en rien à leur bonheur. Torilla se remémorait toujours la tendresse avec laquelle sa mère parlait autrefois à son père et le regard d'adoration que celui-ci adressait à sa femme chaque fois qu'il revenait un court instant chez lui pour l'embrasser entre deux tournées.

Forte de cet heureux exemple dont elle avait été témoin durant toute son enfance, Torilla aurait voulu s'imaginer Beryl s'affairant, comme sa propre mère, autour du marquis – pour le rendre heureux de toutes les façons possibles, veillant sur lui, allant au-devant de ses désirs et n'hésitant pas à sacrifier ses désirs et ses goûts personnels pour lui faire plaisir. Mais elle n'y parvenait pas et pressentait que c'était impossible.

Elle aimait tellement Beryl qu'elle aurait voulu ce bonheur-là pour elle. Mais elle s'apercevait un peu plus chaque jour qu'il y avait peu de chances pour que sa cousine le connaisse avec le marquis, et elle se sentait envahie de tristesse.

A la fin de cette première semaine passée à Londres chez sa tante, Torilla avait déjà deviné bien des choses. Par exemple, lord Newall rencontrait Beryl à toutes les réceptions où elles étaient invitées, et ils disparaissaient invariablement ensemble pour s'isoler soit dans le jardin, soit dans un recoin discret de la maison.

Beryl le présenta à sa cousine; et Torilla le trouva très bel homme. Il ne quittait pas Beryl des yeux et la couvait d'un regard sombre et passionné. On sentait que c'était un tempérament excessif.

Ce qui plaisait sans doute à Beryl. Néanmoins, quand on connaissait Beryl comme sa cousine la connaissait, on se rendait fort bien compte que la jeune fille s'amusait de lord Newall, mais n'en était nullement amoureuse.

Un soir, en rentrant à l'hôtel de Fernleigh, Torilla lui demanda :

– Aurais-tu aimé épouser lord Newall?

Beryl avait disparu encore plus longtemps que d'habitude avec lui dans les jardins de la duchesse de Bedford, chez qui elles avaient été conviées ce jour-là. Pourtant, elle répondit sans hésitation :

– Je suis convaincue que Charles serait un mari très amoureux, très ardent. Mais il n'a pas d'argent! Et je crois au vieux proverbe qui dit : « Le jour où la pauvreté entre par la porte, l'amour s'enfuit par la fenêtre! »

Déconcertée, Torilla murmura :

– Crois-tu que l'argent ait beaucoup d'importance, quand deux êtres s'aiment vraiment?

– Bien sûr que cela a de l'importance! s'indigna la jeune fille.

Mais elle se tut et resta pensive. Et ce fut d'une voix toute changée qu'elle finit par dire :

– Tu sais, Torilla : je crois quand même que si quelqu'un est vraiment pris par l'amour, mais par un amour fou, absolu, alors il oublie tout le reste!

– C'était cet amour-là que nous voulions l'une comme l'autre, autrefois, fit observer doucement Torilla.

– Nous étions très jeunes et ne connaissions pas les hommes. Nous étions très romantiques. C'était absurde! répliqua Beryl d'un ton péremptoire.

Elle s'assit devant sa coiffeuse, puis changea délibérément de sujet :

– Je vais demander à Gallen de m'offrir des saphirs comme cadeau de mariage. Les saphirs sont très seyants, quand on a les cheveux blonds.

– Mais nous étions en train de parler de lord Newall, interrompit Torilla, avec entêtement.

– Je sais. Mais nous avons vraiment épuisé le

sujet, ma chérie. Quand on a dit que ses baisers sont merveilleux, mais qu'il ne possède rien d'autre, on a tout dit sur lord Newall.

Torilla jeta un petit cri navré :

– Oh! ma Beryl : ne parle pas ainsi! Je t'en supplie. Cela te ressemble si peu, cette cruauté, cette dureté.

Beryl haussa les épaules :

– Je sais : oui, il m'arrive d'être dure et sans cœur! Je me venge du mauvais tour que la vie m'a joué. Les bonnes fées ont été chiches avec moi! dit Beryl avec amertume.

– Qu'est-ce que tu racontes?

Beryl se reprit rapidement :

– Rien, rien du tout : des paroles dénuées de sens... Je suis si fatiguée! Il faut aller nous coucher, Torilla. Nous avons encore une sortie demain soir et les soirs suivants! Et je tiens à ce que tu aies bonne mine pour être à ton avantage.

Ayant compris qu'elle ne tirerait rien de plus de sa cousine ce soir-là, Torilla monta dans sa chambre.

Mais avant de s'endormir, elle réfléchit et pria longuement pour le bonheur de Beryl.

Le soir du bal donné chez lady Melchester, Beryl semblait vraiment n'avoir reçu de la vie que joie et beauté. Elle était radieuse et éclipsait toutes les femmes présentes.

Elle portait une ravissante robe brodée de fils d'argent. La splendide parure de diamants qu'elle avait dans les cheveux et autour du cou lui donnait l'air de ces petites fées que l'on accroche tout en haut des arbres de Noël. Elle était resplendissante.

Les hommes se bousculaient autour d'elle pour l'inviter à danser. Plus romantique que jamais, lord Newall la considérait d'un regard sombre et féroce.

Beryl s'amusa énormément ce soir-là; et Torilla découvrit qu'elle aussi avait beaucoup de succès.

Elle se sentait à l'aise dans la très belle robe que Beryl lui avait donnée et perdit le sentiment de n'être qu'une petite jeune fille très insignifiante, égarée parmi l'élégante foule des femmes du monde, scintillantes de bijoux, et qui s'observaient en se jetant des regards de tigresse.

De temps à autre, Torilla se prenait à penser qu'un seul des gros diamants que ces femmes portaient autour de leur cou ou dans leurs cheveux aurait suffi à soulager la misère de toute une famille de mineurs. Mais chaque fois qu'elle évoquait Barrowfields, elle se souvenait aussitôt des recommandations faites par Abby avant son départ, et elle s'efforçait de lui obéir, s'obligeant, pour oublier la mine, à regarder toutes ces jolies choses si agréables et à écouter les propos légers et charmants des hommes qui la faisaient danser.

Il faisait extrêmement chaud dans la salle de bal, ce soir-là; et Torilla se laissa aisément persuader par son cavalier qu'il serait agréable d'aller faire un tour dans les jardins immenses qui entouraient la demeure.

Lady Melchester avait essayé de surpasser le prince régent dans l'aménagement de son jardin transformé, comme à Carlton House, en un vrai décor romantique.

De petites rivières artificielles serpentaient sous des éclairages savants qui donnaient à l'eau des reflets de toutes les couleurs, et la chose la plus extraordinaire était une fontaine tout illuminée : ce n'était pas de l'eau qui coulait, mais un parfum exquis qui ressemblait à de l'or liquide et embaumait toute l'atmosphère.

Des fruits artificiels étaient accrochés dans les arbres. Quand on les cueillait, on découvrait d'ingénieux paquets renfermant des petits cadeaux : des friandises et des babioles. Torilla s'émerveillait de toutes ces surprises extravagantes. Amusée, elle dit à son cavalier :

– Quelle dépense d'imagination!

Mais il répondit, avec un certain mépris :

– Quelle somme d'argent dépensée, surtout! Il faut espérer que le prince régent ne se piquera pas de vouloir imiter et surpasser cette nouvelle excentricité. Il serait tout à fait capable, pour faire mieux que sa rivale, d'offrir à ses invités des tableaux de maître ou des statues antiques de grande valeur!

– Mais ce serait une idée charmante! répondit-elle en riant.

– Oui... jusqu'au moment où il faudrait payer la note! Qui ne serait jamais réglée, d'ailleurs!

Tout en bavardant et en riant, ils arrivèrent devant un banc qui était vide. Son cavalier le lui désigna en lui demandant :

– Voulez-vous que j'aille vous chercher une coupe de champagne? J'ai, je l'avoue, une soif épouvantable... et vous?

Torilla répliqua sagement, en s'asseyant :

– C'est un grand verre de limonade qui me ferait vraiment plaisir. Je vous attends ici.

– Vous m'en faites le serment, n'est-ce pas? Ne laissez personne vous emmener, sinon je me battrais en duel avec cet outrecuidant et il tomberait sous les balles de mon pistolet à l'aube prochaine!

Torilla éclata de rire, tandis qu'il s'éloignait en courant. C'était un charmant garçon, assez spirituel, qu'elle avait déjà rencontré dans plusieurs soirées. Elle appréciait sa compagnie car, tout en lui faisant beaucoup de compliments flatteurs, il s'était toujours abstenu de lui faire vraiment la cour.

Elle était tout étonnée de constater que plusieurs hommes lui avaient déjà déclaré être follement amoureux d'elle et certains, parmi eux, semblaient vraiment sincères.

Mais, sans savoir pourquoi, instinctivement quelque chose se révulsait au fond d'elle-même et, par la suite, elle les évitait soigneusement et les éconduisait dès que leurs déclarations dépassaient le ton des simples compliments mondains et conventionnels. Elle attribuait cette réaction à sa timidité, comprenant pourtant que c'était l'amour même qui la rebutait. Elle se garda bien d'en rien dire à Beryl qui se serait moquée d'elle et l'aurait traitée de sotte.

En effet, plusieurs de ces hommes qui étaient prêts à lui demander sa main auraient pu faire des maris très flatteurs et honorables, et elle aurait dû se sentir comblée de reconnaissance.

Mais sitôt qu'une certaine lueur de passion apparaissait dans leur regard, elle se figeait, certaine d'être incapable d'accepter une union avec eux.

Elle ne comprenait pas elle-même pourquoi elle réagissait de cette façon, mais elle sentait que ses sentiments étaient définitifs et qu'elle serait impuissante à les surmonter. C'était une conviction profonde qui l'habitait et dont elle s'étonnait elle-même.

La veille, sa tante lui avait dit, pendant leur trajet de retour en voiture :

– J'ai eu nettement l'impression, ce soir, que lord Arkley vous accordait une attention toute particulière, Torilla.

Et, pour une fois, le ton de la comtesse était doux et bienveillant. Mais Torilla prit un air très embarrassé et ne répondit rien. Aussi sa tante poursuivit-elle :

– Peut-être est-il légèrement trop vieux pour vous; mais ce serait un très beau mariage. Il est veuf, mais n'a pas d'enfant. Il s'était marié très jeune et sa femme est morte après deux années de mariage seulement... Oui : il me semble que lord Arkley ferait un excellent mari pour vous. Il va falloir que je l'invite à dîner avant le bal chez les Dorchester. J'essayerai de le cuisiner pour savoir si ses intentions sont sérieuses.

Alors Torilla se sentit perdue sans savoir pourquoi :

– Non, non! ma tante... N'en faites rien! Je vous en prie. N'essayez pas... Même si lord Arkley... me demandait en mariage, je ne pourrais pas... Je refuserais de l'épouser!

Torilla dit cela d'une voix suppliante. Sa tante la dévisagea avec surprise et monta sa voix d'un ton :

– Vous refuseriez? Vous ne pourriez pas l'épouser? Enfin, Torilla, qu'est-ce que tout cela veut dire?

– Il est très sympathique... Mais... mais je ne

pourrai jamais être amoureuse de cet homme-là, se décida-t-elle à avouer d'une voix hésitante.

– L'amour! Ah! nous y voilà! Eh bien! Il faut vous dépêcher de vous débarrasser de ces conceptions romantiques parfaitement ridicules, Torilla! Et le plus tôt sera le mieux, répliqua la comtesse d'un ton aigre.

Beryl s'interposa tout de suite :

– Mais, maman, Torilla est une idéaliste. Elle a fait le serment, voilà fort longtemps, de n'épouser un homme que si elle tombait amoureuse de lui! Vous perdez votre temps en essayant de la persuader de se marier avec lord Arkley.

La comtesse reprit de sa voix la plus pointue :

– Torilla doit comprendre que c'est un devoir pour toute jeune fille de faire un bon mariage avant d'avoir vingt ans. Et Torilla va en avoir dix-neuf.

– Mais je n'ai pas envie de... commença la jeune fille.

Sa tante l'interrompit abruptement :

– Dans votre situation particulièrement, Torilla, sans dot et sans argent, avec si peu de choses pour vous faire valoir en dehors de votre beauté, vous devriez pourtant vous estimer heureuse de trouver un mari qui vous apporterait le luxe, le confort et la sécurité!

Beryl éclata de rire :

– J'ai l'impression d'être revenue en arrière, à l'époque où j'ai fait mes débuts dans le monde, maman : vous m'avez fait exactement le même sermon! Je vous entends encore!

– Heureusement, rétorqua sèchement sa mère, vous avez été assez intelligente, Beryl, pour comprendre que c'était le langage du bon sens. Dieu merci! Oh! l'année dernière encore, j'ai bien craint que vous ne laissiez passer toutes vos chances. Mais je dois reconnaître que je faisais erreur. Vous avez su attendre. Et finalement vous avez eu Gallen, c'est-à-dire le plus beau parti dont puisse rêver une mère pour sa fille.

La comtesse dit tout cela sans hargne, mais sa voix changea quand elle expliqua à sa nièce :

– Mais, en ce qui vous concerne, Torilla, la situation est toute différente! Vous ne pouvez vous offrir le luxe d'attendre. Donc, il faut vous arranger pour obliger lord Arkley à se prononcer le plus rapidement possible!

– Mais tante Louise..., commença Torilla.

Mais elle se tut : Beryl venait de lui donner un petit coup de genou discret à l'abri de la couverture qui leur couvrait les jambes. C'était un avertissement. Aussi garda-t-elle le silence jusqu'à leur arrivée à l'hôtel de Fernleigh.

Lorsque les deux cousines se retrouvèrent enfin seules, dans leur chambre, Beryl expliqua à Torilla :

– Cela ne sert à rien de discuter avec maman. Du moment que tu n'es pas du même avis qu'elle, elle estime que tu es à moitié pauvre d'esprit.

– Mais je ne veux pas qu'elle parle de moi à lord Arkley! Et je suis certaine que c'est ce que tante Louise a l'intention de faire, se récria Torilla avec effroi.

– Ecoute, ma chérie, si lord Arkley te déplaît vraiment, tu n'es pas obligée de l'épouser. Tu en trouveras un autre. Mais tu sais tout aussi bien que moi que ton séjour ici, pour le moment, te fournit une occasion exceptionnelle de décrocher un mari intéressant! Tu ne vas tout de même pas retourner dans le Nord, sans avoir essayé de trouver un mari valable, sans avoir cherché à rencontrer quelqu'un? La vie ne doit pas être tellement gaie dans ton trou, à Barrowfields et dans les environs?

Beryl parlait d'une voix triste et, en voyant Torilla bouleversée à la pensée des mineurs, elle s'approcha de sa cousine et lui passa les bras autour du cou; puis elle ajouta :

– Je t'aime tant, Torilla! Je voudrais que tu te maries ici, tout de suite, pour que nous puissions rester l'une près de l'autre. Tu ne peux pas savoir combien tu m'as manqué depuis deux ans!

– Toi aussi, tu m'as terriblement manqué! soupira Torilla.

– Alors, marie-toi vite avec quelqu'un de bien, pour que nous vivions dans le même milieu. Arkley serait un beau coup de filet, à cet égard. Il a beaucoup d'amis : les gens l'aiment bien; et cela, c'est très important dans la vie... Et c'est de tout repos, au moins! Ce n'est pas du tout comme s'il n'était aimé que des femmes! Mais ça, c'est mon problème!

Beryl avait un regard étincelant de malice et Torilla ne put s'empêcher de rire des paroles de sa cousine.

Sans plus insister, Baryl l'embrassa très fort et ajouta, avec une note de mélancolie dans la voix :

– Pense bien à tout cela, Torilla, et sois raisonnable! Je suis certaine, vois-tu, que si tante Elisabeth vivait encore, elle souhaiterait ardemment que tu fondes un foyer.

Ces dernières paroles poursuivirent longtemps

Torilla, et dans son lit, elle y pensait encore. Aussi se mit-elle à monologuer silencieusement avec sa mère dans l'obscurité, comme elle le faisait souvent :

« Oh! maman! Je sais bien que tu voudrais que je me marie. Mais je suis sûre que tu ne voudrais pas que j'épouse un homme si je n'éprouvais vraiment de l'amour pour lui, n'est-ce pas? Mais peut-être suis-je incapable, moi, de jamais aimer, comme tu as aimé papa? Alors... »

Cependant, au cours de sa méditation, une idée surprenante se fraya insidieusement un chemin dans son esprit. Elle comprit enfin que ce qu'elle attendait et souhaitait, c'était d'éprouver auprès d'un homme le même sentiment d'extase qu'elle avait connu sous les baisers du marquis, un certain soir... Jamais elle ne serait capable de ressentir la même émotion dans les bras de lord Arkley et c'est pourquoi elle ne pouvait l'épouser : elle le sentait bien.

Brusquement, il lui devint évident que si elle avait fui tous les autres hommes qui lui avaient déclaré leur flamme, c'est parce qu'elle avait su instinctivement que jamais elle ne pourrait éprouver avec eux cette merveilleuse extase qu'elle avait découverte dans l'étreinte du marquis et qui, pourtant, l'avait tant effrayée.

Elle eut terriblement peur, dans la solitude de sa chambre, cette nuit-là, des pensées qui lui venaient. Alors, redoutant l'aboutissement logique de leur cheminement, elle se cacha résolument le visage dans son oreiller et essaya de s'endormir.

« Comme tout semble, dans ce jardin, fait pour

l'amour! » pensa Torilla qui attendait le retour de son cavalier, assise sur le banc de pierre où il l'avait laissée. Tout proche d'elle, le mumure léger d'une cascade se mêlait aux effluves suaves et lointaines de la musique qui s'échappait de la demeure de lady Melchester.

Beryl devait être quelque part, dans un recoin sombre du jardin, occupée avec lord Newall, ou avec l'un ou l'autre de ses nombreux admirateurs.

Elle en vint à se demander si elle n'était pas autrement faite que les autres : « N'est-il pas anormal que mon plus grand bonheur soit de contempler de belles choses? Je me contente parfaitement de cela, et me sens effrayée quand un homme m'adresse des mots d'amour. Les autres... »

Elle interrompit le cours de ses réflexions : une silhouette masculine s'avançait vers elle après avoir traversé le petit pont enjambant la rivière.

Elle crut que c'était son cavalier qui revenait avec les boissons :

– Comme vous avez fait vite..., commença-t-elle.

Mais elle s'arrêta net et eut un sursaut d'effroi. Elle venait de reconnaître l'homme élégant qui s'avançait droit sur elle : c'était sir Joscelyn Threnton!

– Je pensais bien ne pas me tromper quand je vous ai vue dans la salle de bal, miss Clifford! la salua-t-il, le sourire aux lèvres.

Et, sans attendre une réponse, il s'assit sans façon sur le banc et se tourna vers elle.

Torilla détourna résolument le visage. Elle se sentait affreusement embarrassée par cette rencontre et, une fois de plus, insultée par cet importun dont elle se rappelait la conduite avec honte.

– Vous êtes infiniment plus élégante qu'à notre première rencontre! déclara-t-il insidieusement.

Puis il se mit à ricaner en voyant que cette remarque avait fait rougir la jeune fille.

– Veuillez me laisser seule! finit par dire Torilla qui avait du mal à articuler.

– Je n'en ai pas la moindre intention, figurez-vous! La dernière fois où nous nous sommes rencontrés, nous avons eu la malchance d'être très inopportunément dérangés. Aussi suis-je bien décidé, aujourd'hui, à reprendre les choses là où elles en étaient et à faire plus amplement connaissance avec vous, miss Clifford!

Torilla se redressa fièrement. Sa peur était passée et elle lui déclara, d'un ton ferme :

– Mais, moi, monsieur, je ne vous le permets pas! Et je vous prie de partir immédiatement!

Si sur le coup, en voyant apparaître cet affreux personnage, elle avait été prise de panique, il n'en restait rien. Torilla comprit que l'homme ne pouvait lui faire aucun mal, étant donné l'endroit où ils se trouvaient. Le jardin était plein de monde, et les invités de lady Melchester à portée de voix. En outre, son cavalier allait revenir d'un instant à l'autre.

« Non : sir Joscelyn ne pouvait rien lui faire », pensait-elle.

Cependant, il ne faisait pas mine de s'en aller et reprit avec désinvolture :

– Voyez-vous, miss Clifford, j'ai toujours détesté me laisser dépasser au poteau! Pour tout dire, je dois avouer que j'ignorais absolument, en entrant dans votre chambre, à l'Auberge Peligan, que vous étiez sous la protection du marquis de Havingham!

Torilla se retourna brusquement et le regarda stupéfaite.

– Qu'est-ce que vous dites?

Sir Joscelyn sourit d'une manière extrêmement déplaisante et poursuivit, d'un ton suave :

– Lady Beryl était-elle au courant? Savait-elle que sa jolie cousine voyageait en compagnie du marquis et sans chaperon?

Torilla, indignée, s'écria :

– Comment osez-vous insinuer une chose pareille? Je ne connaissais pas le marquis et ne l'avais jamais vu. Il est intervenu en entendant par hasard la façon déplaisante dont vous vous conduisiez avec moi. Quand il est entré dans ma chambre pour vous en faire sortir, c'était un étranger pour moi et je ne savais même pas son nom!

– C'est votre version de la chose, miss Clifford! Mais reste à savoir si votre cousine lady Beryl y ajoute foi. Enfin, il faut l'espérer pour vous.

Torilla repartit avec colère :

– Lady Beryl ne...

Elle suspendit sa phrase, comprenant, mais trop tard, qu'elle allait précisément révéler à sir Joscelyn ce que le scélérat voulait savoir.

Le silence pesa quelques instants. Puis sir Joscelyn prononça lentement, d'une voix sourde et menaçante :

– Ainsi... vous n'en avez rien dit à votre cousine... C'est bien ce que je pensais! Eh bien! Voilà un renseignement qui va beaucoup l'intéresser! Je dois justement l'inviter pour la prochaine danse.

Torilla poussa un cri d'affolement :

– Non, non, je vous en prie... Ne racontez pas cela à Beryl, je vous en supplie!

Elle regarda sir Joscelyn et vit qu'il jubilait à l'idée qu'il la tenait, en quelque sorte, à sa merci.

Elle se rendait compte que cet homme avait été profondément humilié devant elle par le marquis et qu'il savourait sa revanche : il allait se venger en la dénonçant et en blessant Beryl de la façon la plus odieuse. Cette bassesse désespérait Torilla.

Aussi se reprocha-t-elle amèrement de ne pas lui avoir tout raconté dès son arrivée au château de Fernleigh. Si elle avait eu cette franchise, les menaces de sir Joscelyn n'auraient eu aucune importance!

« Pourquoi? Mais pourquoi n'ai-je pas raconté cette mésaventure à Beryl? » se lamentait-elle en son for intérieur. Et elle le regrettait toujours plus vivement, en voyant le gouffre qui venait de s'ouvrir à ses pieds.

La voix doucereuse de sir Joscelyn la tira de ses réflexions :

– Je suis tout disposé à traiter avec vous, vous savez!

– Traiter? s'étonna-t-elle, avec hauteur.

Il prit un ton condescendant :

– Vous venez de me demander de taire une petite affaire qui me semble présenter le plus grand intérêt pour certaines personnes. Admettons! Mais vous devez comprendre que mon silence vaut très cher!

– C'est, je crois, ce que l'on appelle du « chantage »! répliqua Torilla très froidement.

– Exact! reconnut sir Joscelyn. Voilà : mon intention, ma jolie, est de vous faire « chanter », pour me venger un peu. Je n'aime pas perdre une course, comme je vous l'ai déjà dit, quand mon cheval est pratiquement au poteau!

Torilla le considéra avec dégoût :

– Votre conduite était odieuse, inadmissible, vous le savez fort bien! dit-elle d'une voix sourde.

Sir Joscelyn prit un ton badin :

– Mais c'était entièrement votre faute, ma belle : il ne fallait pas être aussi séduisante. Bon! Alors, est-ce que vous voulez connaître mes conditions?

Torilla ne répondit pas et il reprit :

– Elles sont des plus simples : ou bien vous dînez seule avec moi demain soir, ou bien vous me remettez la somme de cinq mille livres! A vous de choisir.

Elle le regarda, sidérée :

– Dîner toute seule avec vous?

– Mais oui : je connais un petit restaurant parfait pour ce genre de choses, dans Jermyn Street. Les clients sont servis dans des cabinets particuliers. Personne ne pourra vous voir. Et nous pourrons tranquillement reprendre les choses là où elles en étaient avant la malencontreuse intervention du marquis de Havingham.

L'expression du regard de sir Joscelyn était trop révélatrice pour que Torilla puisse douter de ses intentions. Elle gémit en détournant la tête, tandis qu'il reprenait d'un ton goguenard :

– Notez bien que l'autre solution apaiserait sérieusement les cris de mon orgueil blessé : avec ces cinq mille livres, je saurais m'attendrir.

Torilla haussa les épaules :

– Vous êtes fou : comment pourrais-je me procurer une somme pareille?

Sir Joscelyn fit la moue.

– Comme vous êtes naïve, miss Clifford! Mais, voyons, cette somme paraîtra dérisoire à ce charmant gentilhomme qui est venu à votre aide.

Machinalement, Torilla demanda, sidérée :

– Le marquis?

Il se récria d'un ton ambigu :

– Mais bien sûr, miss Clifford : le marquis! Il est toujours prêt à dépenser des sommes folles pour se divertir! Et je dirais même que je suis tout à fait certain – vous verrez – qu'il trouvera mon prix très très raisonnable pour cette petite histoire qui a eu lieu exactement la veille du jour où ses fiançailles avec l'*Incomparable* lady Beryl ont été annoncées dans *La Gazette*... Vraiment, je vous l'affirme...

Torilla se sentait terriblement mal à l'aise : quelque chose d'indiciblement menaçant perçait dans les paroles de sir Joscelyn ainsi qu'une délectation, comme s'il se léchait les babines d'avance. Il ressemblait à un joueur de cartes qui médite son coup et savoure la joie d'avoir un très beau jeu.

Torilla se laissa retomber sur le banc : elle se sentait anéantie. Elle ne savait que dire ni que faire pour sortir d'une situation aussi inextricable. Ses idées étaient confuses. Il lui semblait que son cerveau tournait à vide.

Sir Joscelyn déclara sèchement, du ton de celui qui sait qu'il domine la situation :

– Je fais partie du Club Boodles (1). Vous pourrez m'y faire déposer la somme de cinq mille livres convenue, demain avant midi; sinon, je vous atten-

(1) Cercle à la mode à Londres.

drai à 7 heures du soir pour dîner à l'« Hôtel du Duc », miss Clifford.

Il se leva, s'empara de la main droite de Torilla et se pencha pour lui chuchoter d'un ton devenu galant :

– Honnêtement, j'espère de tout mon cœur que vous n'aurez pas le courage d'aller demander la somme au marquis...

Il approcha ses lèvres, mais Torilla lui arracha sa main. Elle ne voulait plus rester là à attendre son départ. Elle s'élança en courant à travers les pelouses vers la maison.

Elle avait bien l'impression que sir Joscelyn courait derrière elle, cherchait à la rattraper; elle avait peur de ne pouvoir lui échapper avant la salle de bal, située au premier étage de la maison. Il pouvait la rejoindre dans l'escalier débouchant sur le balcon qui faisait le pourtour de la maison et sur lequel ouvraient les portes-fenêtres des salons. Aussi escalada-t-elle les marches le plus vite qu'elle put.

Elle n'avait qu'une hâte : se retrouver au milieu de la cohue des invités, dans la sécurité et la protection de la foule, loin de sir Joscelyn et de la terreur que cet être abject lui inspirait.

Elle gravit la dernière marche et, à l'angle du balcon, aperçut un homme qui, appuyé contre la balustrade, scrutait les jardins du regard. Le cœur de Torilla bondit dans sa poitrine.

Elle se sentait heureuse devant ce secours inespéré : c'était le marquis! Elle s'élança en courant vers lui, oubliant tous ses motifs de ressentiment, pour ne se souvenir que d'une seule chose : il l'avait déjà tirée des griffes de sir Joscelyn, il l'avait déjà sauvée une fois!

Elle bondit vers lui en tendant des mains tremblantes.

– Vous êtes là! Vous êtes revenu!... Vite, j'ai besoin de vous... Il faut m'aider!

Sa voix tremblait de désespoir. Ses paroles étaient incohérentes. Elle était au bord des larmes. Et, quand le marquis se retourna, il leva les sourcils avec inquiétude, tout interdit :

– Que se passe-t-il? demanda-t-il.

Sa belle voix chaude et mesurée rassura immédiatement la jeune fille.

– Il faut que je vous parle... que je vous parle... à vous tout seul... murmura-t-elle précipitamment.

– Bien sûr! Voulez-vous que nous allions dans le jardin? proposa calmement le marquis.

– Oh! non! non! se récria-t-elle, prise de frayeur à la pensée de rencontrer sir Joscelyn.

– Eh bien! Nous allons chercher un coin tranquille dans la maison, déclara-t-il d'un ton rassurant, en lui offrant son bras.

Elle posa doucement la main sur le poignet du marquis, songeant qu'elle aurait la ressource de s'accrocher à lui si jamais, par hasard, il cherchait à lui échapper.

Elle éprouvait le même besoin de protection et le même émoi que le soir où elle avait été attaquée dans sa chambre par sir Joscelyn à l'Auberge Peligan : son cœur battait la chamade, elle avait les lèvres sèches, la gorge serrée. Elle ne parvenait pas à parler.

Le marquis évita les portes-fenêtres de la salle de bal, occupées par des couples de danseurs qui prenaient le frais. Il emmena Torilla à l'autre extrémité du bâtiment, et la fit entrer dans un petit salon doucement éclairé et encombré de plusieurs sofas. Il y avait là de nombreux couples et le marquis traversa la pièce sans s'y arrêter. Après un couloir, il se dirigea vers une porte sur laquelle Torilla lut, avec étonnement : « Privé », et il l'ouvrit.

Il semblait connaître parfaitement les lieux, car il traversa sans la moindre hésitation cette partie de la maison absolument déserte et à peine éclairée. Enfin ils entrèrent dans un petit salon décoré dans un style très féminin et embaumé par le parfum des nombreux bouquets qui remplissaient tous les vases.

Peut-être se trouvaient-ils dans le boudoir personnel de la maîtresse de maison! Mais, sur l'instant, elle ne pensait qu'à une seule chose : elle était seule avec le marquis et allait pouvoir se confier à lui.

Elle se sentait sauvée et se laissa tomber sur un sofa. Elle avait l'air terriblement effrayée, avec ses joues pâles et ses pupilles dilatées. Le marquis se souvint lui avoir déjà vu ce visage tragique.

– Racontez-moi tout, maintenant, demanda-t-il de sa voix la plus naturelle, sans trace de cet accent un peu snob qu'il empruntait habituellement.

Torilla serrait ses mains l'une contre l'autre, affreusement embarrassée soudain. En se réfugiant auprès du marquis, elle n'avait pas songé combien il allait être gênant pour elle de lui exposer les propos de sir Joscelyn.

Elle trouva cependant le courage de parler, quoi qu'il pût lui en coûter personnellement, désireuse de sauvegarder à tout prix la paix et le bonheur de Beryl. Et le remords la taraudait. Beryl souffrirait si sir Joscelyn réussissait à lui débiter ses mensonges : « Beryl risque d'y ajouter foi, et tout cela parce que je ne lui ai pas raconté les incidents de mon voyage », se répétait-elle, navrée.

Elle releva la tête et dit d'une voix sourde, en fixant le marquis :

– C'est sir Joscelyn !

Le marquis fronça les sourcils :

– Qu'est-ce que ce porc a encore fait ?

– Il... il est venu me parler, tout de suite, là, dans le jardin. Il m'a dit des choses terribles... et je ne sais pas quoi faire... balbutia-t-elle.

– Que vous a-t-il dit ?

Torilla ne savait plus quoi dire, tant elle se sentait gênée. Mais le marquis attendait : il fallait parler. Elle détourna la tête, sa voix devint imperceptible :

– Il m'a menacée... de révéler à Beryl que nous étions ensemble, vous et moi... à l'Auberge Peligan !

Le marquis répondit brièvement :

– J'avais bien pensé qu'il nous ferait un tour de ce genre !

– Et... il m'a annoncé qu'il avait un... un marché à me proposer...

– Quel marché ?

Cela était le plus pénible à expliquer, aussi Torilla attendit-elle longtemps avant d'avouer :

– Il m'a dit que... que j'aille dîner seule avec lui, demain soir, dans un salon particulier, dans un hôtel,... ou bien que... je lui donne cinq mille livres demain, avant midi !

– Voilà donc le jeu qu'il a décidé de jouer ! constata le marquis sans se départir de son calme.

Il se pencha vers la jeune fille et posa une large main protectrice sur ses petits doigts qu'elle croisait et décroisait fébrilement.

– Ne vous tourmentez pas, Torilla. Je vais m'en occuper. Je sais ce qu'il faut faire avec les filous de cette espèce. Je vous jure qu'il ne reviendra plus vous importuner.

– Mais ce n'est pas pour moi que je me tourmente. C'est pour Beryl! se récria Torilla.

Elle savourait de nouveau, comme le jour où il lui avait saisi le poignet dans le parc du château de Fernleigh, le bonheur étrange que lui procurait le contact de la main du marquis posée sur les siennes.

Elle aurait voulu s'emparer de cette main, la retenir, se serrer tout contre le marquis et le supplier de s'occuper d'elle, de la protéger.

Elle avait vraiment besoin d'être défendue, non seulement contre l'abominable sir Joscelyn, mais aussi contre lord Arkley, contre les manœuvres de sa tante en vue de la marier, contre tous les hommes qui l'approchaient et même contre ce qu'elle éprouvait à leur égard. Mais elle se gourmanda, se répétant avec sévérité que le marquis appartenait à Beryl et qu'elle n'avait absolument pas le droit de réclamer sa protection, malgré son envie : les choses étaient déjà bien assez compliquées comme ça!

Mais le marquis devina son émoi et lui répéta avec douceur :

– Tout ira bien. Je vous promets, Torilla, que tout s'arrangera parfaitement bien!

– Ah! si seulement j'avais raconté à Beryl notre rencontre! Pourquoi ne l'ai-je pas fait, dès mon arrivée à Fernleigh? Quel dommage! se lamenta la jeune fille.

– Mais pourquoi ne le lui avez-vous pas dit?

Sa voix était chaude, grave, pleine de séduction. Pourtant Torilla se tut, estimant impossible de lui révéler la vérité.

Comment, en effet, lui avouer que ce baiser accordé sans vergogne à un inconnu restait pour elle la chose la plus merveilleuse de toute son existence?

Le marquis n'insista pas : il devina le trouble de Torilla et les pensées contradictoires qui agitaient son esprit et son cœur.

Il se leva le premier et dit simplement :

– Maintenant, retournez dans la salle de bal et amusez-vous sans arrière-pensées, Torilla! Je m'occupe de tout.

– Mais... si jamais sir Joscelyn?

Il l'interrompit et affirma avec vigueur :

– Il ne fera rien, absolument rien! Ni contre Beryl ni contre vous! Je vous ai dit de me faire confiance et je vous demande, Torilla, de vous fier à moi, envers et contre tout, même si vous doutez de moi : promettez-le-moi!

– Oui, j'ai confiance en vous, répondit-elle, vaincue.

– Malgré tout le mal que vous pensez de moi? insista doucement le marquis.

Elle lui jeta un regard éperdu et ses yeux restèrent prisonniers des siens. Elle ne pouvait plus les détourner de lui.

Il la retenait captive, sans même la toucher : Torilla avait l'impression qu'il la serrait dans ses bras, que leurs âmes s'étaient rejointes, qu'elles s'attendaient l'une l'autre depuis le début des temps et s'étaient enfin reconnues.

Brusquement, et comme à regret, le marquis dit d'une voix changée en regardant ailleurs :

– Votre père vous envoie ses pensées affectueuses et vous souhaite de bien vous amuser...

Torilla crut avoir mal entendu. Elle répéta :

– Mon père? Mon père?

Alors le marquis s'expliqua d'une voix monocorde :

– Je reviens de Barrowfields, Torilla. J'ai passé ces quelques jours auprès de votre père; et je pense que vous allez être contente d'apprendre que tout ce qu'il m'a suggéré de faire va être réalisé sous peu.

– Avez-vous vraiment l'intention...? balbutia Torilla, remplie d'émotion.

– Oui : toutes les précautions nécessaires pour assurer la sécurité des travailleurs, absolument toutes – et la liste est longue – et les meilleurs systèmes existants, bien entendu : la pompe à air Buddle, les lampes-tempête, etc. Les pompes à eau vont être remplacées...

– Je... je n'arrive pas à comprendre, murmura la jeune fille, mais ses yeux brillaient d'espoir.

– Vous aviez entièrement raison : tout ce que vous m'avez dit était exact. Ce puits est un véritable enfer. Il est inconcevable qu'une chose pareille puisse exister!

» J'ai renvoyé le surveillant et avec l'aide de votre père, j'ai trouvé quelqu'un pour le remplacer : il y a donc lieu d'espérer qu'il pratiquera d'autres méthodes. En tout cas, j'ai formellement interdit que l'on emploie des enfants de moins de seize ans dans ma mine… et dans la mesure du possible, on cessera aussi d'y employer des femmes.

Torilla, trop bouleversée pour parler, s'était contentée de fixer sur le marquis un regard ébloui de joie et de gratitude. Enfin elle joignit les mains et s'écria, retrouvant enfin sa voix :

– Il me semble que je rêve…

Le marquis sourit :

– Votre père m'a dit la même chose… Ecoutez, Torilla, la suite du programme : des gratifications en espèces et des cadeaux seront distribués aux mineurs les jours de fête. On leur offrira également une belle pièce de viande. Pour les vieux, je ferai comme dans les mines Fitzwilliam, je créerai des emplois moins pénibles : ce sera stimulant. Il y a aura des primes : quand les hommes auront travaillé sans interruption toute une semaine, pendant six jours, on leur donnera quatre shillings supplémentaires; et, naturellement, j'ai fait augmenter leurs salaires ordinaires.

Torilla poussa un cri de joie :

– C'est merveilleux! Merveilleux! Quel bonheur! Comment avez-vous pu penser à tout cela!

– Mais je n'ai fait que m'inspirer de vos récriminations, Torilla!

– Je n'aurais jamais cru que tout cela serait possible un jour! Cela dépasse mes rêves…

Tout à coup, un poignant regret traversa son cœur. Elle comprenait, dans sa joie, combien elle s'était trompée; et elle se voila le visage avec les mains en disant :

– Je comprends seulement maintenant. J'aurais dû tout simplement vous demander de faire quelque chose pour améliorer le sort des malheureux mineurs. Mais ne jamais vous injurier comme je l'ai fait... Je me suis trompée...

Le marquis secoua la tête :

– Je le méritais, Torilla! Je le reconnais sincèrement. Je ne suis pas de ceux qui fuient leurs responsabilités et qui plaident l'ignorance pour faire absoudre leur coupable négligence. Oui, je méritais vos reproches, et même beaucoup d'autres. Je me sens très coupable...

Torilla avait les yeux pleins de larmes.

– Mais, désormais, tout va changer... murmura-t-elle.

Le marquis soupira :

– Une exploitation minière restera toujours une exploitation minière... Et ce ne sera jamais un endroit très agréable à habiter... surtout pour une jeune fille telle que vous, Torilla... Quoi qu'il en soit, votre père paraît très satisfait.

Toute à sa joie, elle s'écria spontanément :

– Oh! Vraiment! Comment vous remercier?

Elle avait parlé sans réfléchir. Mais une rougeur soudaine envahit tout son visage. Elle venait de prononcer ces mêmes paroles qui avaient été à l'origine du baiser du marquis. Devant l'expression de son regard, elle devina que le marquis pensait à la même chose qu'elle.

Ce fut, néanmoins, avec une parfaite maîtrise qu'il reprit :

– Et maintenant que tout est en ordre de ce côté, qu'allons-nous faire, nous deux?

Déconcertée, Torilla murmura :

– Nous deux?

– Oui : nous! répéta avec une certaine fermeté le marquis. Nous savons, tous deux, ce qui nous est arrivé lors de ce baiser; nous le savons très bien! Je vous ai laissé partir, car j'étais convaincu de ne jamais vous revoir. J'avais peur de souffrir en vous perdant par la suite...

Il reprit sa respiration, avant d'ajouter avec ardeur :

– Mais nous nous sommes retrouvés, Torilla. Et je sais, maintenant, que je ne pourrai plus vivre sans vous!

Torilla découvrait au fond de son cœur, avec une joie sauvage, que tel était aussi son désir. Elle comprenait enfin ce qui l'avait troublée depuis quelque temps. Elle était tombée amoureuse dès l'instant où ses lèvres avaient touché les siennes, mais elle ne s'en était pas rendu compte immédiatement. Pourtant son amour avait modifié sa manière de penser et de réagir. Elle s'en était étonnée, sans comprendre... ou peut-être refusant de comprendre.

Elle avait instinctivement essayé de lutter contre ses sentiments et avait résolument fermé les yeux, voulu nier l'existence de son amour. Et pourtant elle aimait le marquis du même amour absolu que sa mère avait éprouvé pour son époux.

Possédée par un véritable amour : ce sentiment que l'on croirait d'essence divine, mais qui n'est qu'une passion tout humaine. Et elle savait qu'elle ne pourrait jamais appartenir à un autre!

– Je vous aime, Torilla!

Le marquis prononça ces mots lentement, d'un ton grave, presque solennel. Torilla vibra de tout son être, mais elle murmura désespérément :

– Beryl!

Elle prononça le nom de sa cousine tout bas, mais

eut l'impression d'avoir crié : il lui semblait que les murs de la pièce le répétaient en écho à l'infini.

– Oui... il y a Beryl... murmura le marquis d'un ton accablé.

Il alla près de la cheminée et resta longtemps silencieux, contemplant, sans les voir, les fleurs qui, en cette saison, étaient disposées dans le foyer à la place des bûches. Comme si la solution allait surgir de ce bouquet!

Torilla le contemplait passionnément, admirant sa silhouette athlétique, ses larges épaules, ses cheveux bruns.

Maintenant que le silence était rompu, elle s'avouait ouvertement qu'elle l'aimait de toutes ses forces, de tout son cœur, de toute son âme et qu'elle lui appartenait tout entière.

Le marquis annonça soudain, d'un ton résolu :

– Je vais aller trouver Beryl et lui dire la vérité.

– Non! Vous n'avez pas le droit de faire une chose pareille! Non, non! c'est impossible, réagit aussitôt Torilla.

– Je vais lui demander de rompre nos fiançailles. Ce mariage ne ferait que nous rendre malheureux tous les deux, elle et moi!

Mais Torilla aimait trop sa cousine pour ne pas la défendre, même au prix du sacrifice de son propre bonheur. Elle s'insurgea violemment contre le projet du marquis :

– Beryl veut vous épouser! Ce serait d'une cruauté inexcusable. Vos fiançailles ont été annoncées partout. En vous dérobant maintenant, vous lui feriez publiquement un terrible affront... un affront que rien ne justifie!

– Je pourrais peut-être m'arranger pour que ce soit elle qui me signifie la rupture... insista-t-il.

Torilla avait une nature trop loyale pour admettre pareil procédé. Elle fit un geste d'impuissance et répliqua d'un ton triste et sévère :

– D'abord, Beryl ne s'y résoudrait jamais! Mais, surtout, vous savez pertinemment que nous ne pourrions être heureux après avoir fait du mal à Beryl et provoqué ce scandale!

Alors, le marquis se retourna brusquement pour la regarder avec une tendresse infinie :

– Oh! Torilla, vous venez de dire tout ce que j'espérais vous entendre dire! Je n'en attendais pas moins de vous... Mais qu'allons-nous devenir tous les deux, séparés à jamais?

Il dit cela d'une voix si douloureuse, son visage était ravagé et son air si désespéré que Torilla n'avait qu'un désir: le serrer dans ses bras et le consoler!

Elle ne pouvait certes accepter ce qu'il venait de lui proposer mais était émerveillée par les paroles de Gallen, qui lui apportaient un bonheur infini. Eperdue de joie et de reconnaissance, elle se répétait: « C'est exactement comme s'il m'avait demandé de l'épouser; exactement... »

Le marquis pénétrait ses pensées et lisait au fond de son cœur, aussi lui dit-il avec gravité :

– C'est vous que je veux pour épouse, Torilla : vous le savez, n'est-ce pas? Et j'accepterais d'aller en enfer s'il le fallait, pour vous épouser! Je suis puni par où j'ai péché : je disais que l'amour n'existe pas! J'avais juré à ma mère que jamais je ne tomberais amoureux d'une femme!... Et maintenant, je vous aime, Torilla, je vous aime plus que personne n'a jamais pu aimer... Votre visage est toujours présent devant mes yeux, même quand je suis loin de vous! La nuit, je rêve que je vous tiens entre mes bras, comme une fois déjà... Mais, hélas, je vous ai laissé partir comme un sot!

– Mais je me suis très mal conduite en vous permettant de me donner ce baiser, murmura Torilla.

– Peut-être, mais c'était fatal! Cela devait nous arriver; c'était notre destinée! Je vous attendais depuis toujours, moi; et je crois que vous aussi, ma chérie, vous m'attendiez.

Torilla découvrait la vérité contenue dans ces paroles. Elle n'avait jamais soupçonné ces choses. Elle se rendait compte que le marquis correspondait exactement à son idéal.

Il lui demanda brusquement :

– Torilla : auriez-vous le courage de vous enfuir avec moi, au bout du monde? Nous pourrions partir loin d'ici, dans un pays sauvage où nous nous épouserions. Nous pourrions y vivre un certain nombre d'années, jusqu'à ce que le scandale se soit apaisé. Les gens oublient si vite...

– Mais ce serait trahir Beryl! Jamais! Nous n'en avons pas le droit! s'indigna-t-elle.

En même temps, Torilla pensait avec désespoir que rien n'aurait pu être plus merveilleux que ce qu'il lui proposait : vivre seule avec lui dans un désert, l'avoir tout entier à elle – quel bonheur parfait ce pourrait être!

Mais sa nature droite, honnête et loyale ne se serait jamais accommodée de jouir d'un bonheur acquis aux dépens d'une personne chère. Elle était bien décidée à ne pas faire de mal à sa cousine, quoi que puisse dire l'homme aimé. Le plus pénible pour Torilla était de le voir souffrir.

Elle lui déclara avec tendresse :

– Je vous aime... et je vous aimerai jusqu'à mon dernier souffle. Je vous promets que je n'épouserai personne...

Le regard du marquis s'illumina à ses paroles et il s'avança vers elle, tandis que la jeune fille poursuivait implacablement :

– Mais je me refuse à m'enfuir avec vous. Nous devons oublier... toutes ces choses que nous venons de nous dire! Vous appartenez à Beryl. Elle a promis de devenir votre épouse. Jamais je ne vous permettrai de manquer à votre parole et de vous déshonorer pour moi.

Sa voix tremblante se brisa sur ces derniers mots. Le marquis répondit, avec une douleur inexprimable :

– Tant de pureté, tant de noblesse et de grandeur d'âme! Et tout cela sacrifié, perdu... Ainsi, je perds la femme que j'aime, parce qu'elle était digne d'être aimée! C'est à croire que le ciel a voulu me punir pour mes péchés et mon scepticisme, en me faisant m'éprendre d'un être aussi pur, aussi bon que vous, Torilla!

– Je ne suis rien de tout cela! Mais nous ne pouvons pas bâtir notre bonheur sur le malheur d'une autre!

Le soupir de tristesse qui échappa au marquis déchira le cœur de Torilla, comme s'il avait hurlé de douleur.

– Nous découvrirons peut-être une autre solution, conclut-il d'un ton las et sans espoir.

– Il n'y en a pas! Mais je prierai pour vous, je

prierai à tous les instants pour que mon amour vous protège, partout où vous irez, pour qu'il soit votre sauvegarde et aussi... peut-être... votre source d'inspiration...

– Ce qu'il est déjà depuis notre rencontre, Torilla! Depuis que je vous connais, je pense d'une autre manière, je ne suis plus le même; par exemple, j'ai envie d'être généreux avec les autres. Si vous saviez comme j'ai honte de moi, comme je me suis senti humilié, écrasé de douleur le jour où j'ai vu ce qu'était cette mine qui portait mon propre nom! Mais je ne pense pas que j'aurais réagi de la même façon, avant de vous connaître.

Torilla lui répondit sans hésiter et d'un ton brusque :

– Mais si! Vous avez des yeux! Et vous auriez très bien su vous en servir pour voir ce qui n'allait pas, si vous y étiez allé! Et vous auriez su faire toutes les réformes nécessaires sans moi!

– Vous avez donc foi en moi? s'écria-t-il.

– Oui : je crois en vous, j'ai confiance, j'ai foi en vous! Et je pense que vous êtes non seulement généreux, mais merveilleux : le plus merveilleux de tous les hommes!

Quand elle se tut, le regard qu'elle posa sur le marquis était brouillé par les larmes.

– J'essaierai de ne jamais vous décevoir, reprit-il avec une grande ferveur, et il mit, dans ces simples mots, la valeur d'un vœu, l'engagement de sa vie tout entière.

Ils n'avaient plus rien à se dire, et le savaient l'un comme l'autre. Aussi, d'un même mouvement, se dirigèrent-ils vers la porte.

Le marquis l'ouvrit devant Torilla et s'écarta pour la laisser passer, puis il sortit derrière elle.

Torilla avait l'impression qu'ils venaient tous deux de laisser leur cœur derrière eux, dans le doux nid tranquille et parfumé du petit salon désert.

6

Torilla était occupée à écrire une lettre à son père, quand Beryl surgit dans la pièce avec l'impétuosité d'une tornade, en criant d'un ton excité :

– Que penses-tu de la nouvelle, Torilla : Gallen s'est battu en duel, ce matin, à l'aube!

Elle traversa toute la pièce, et vint se camper devant une psyché; aussi ne put-elle voir la réaction de Torilla. Elle se dressa derrière l'écritoire, bouleversée, le visage mortellement pâle. Elle voulait parler, mais ses lèvres ne laissaient pas passer un seul son.

– N'est-ce pas merveilleusement romantique? Car, bien entendu, il s'est battu pour moi! s'exclama Beryl d'un ton ravi tout en admirant son frais et joli visage.

Torilla parvint à demander d'une voix faible :

– Il n'est pas... blessé?

– Charles vient de me dire que Gallen n'a qu'une petite égratignure de rien du tout. Mais son adversaire est à l'agonie!

– Qui était-ce? ne put s'empêcher de demander Torilla, bien certaine de connaître la réponse.

– Un certain sir Joscelyn Threnton... Je crois que

j'ai dû le rencontrer. Mais il ne m'a pas laissé le moindre souvenir, répondit Beryl distraitement, en retirant son petit chapeau, et en arrangeant ses mèches de cheveux.

– Mais... le marquis n'est vraiment pas blessé? insista Torilla.

– Il n'aurait même pas dû recevoir cette égratignure, figure-toi, c'est Charles qui me l'a dit. Sir Joscelyn a tiré avant que l'arbitre ait fini de compter!

– Oh! s'indigna Torilla, tandis que Beryl prenait le temps de rire avec légèreté avant de continuer son récit :

– Heureusement que Gallen a deviné les intentions de son adversaire! C'est bien lui, ça! Il a sauté de côté, juste au moment où sir Joscelyn a tiré. La balle qui aurait dû le tuer lui a simplement éraflé le bras gauche! Merveilleux, n'est-ce pas? Charles m'a dit que l'on ne parle que de cela, dans tous les cercles de Saint-James (1). Sir Joscelyn s'est complètement déshonoré. Et, si jamais il en réchappe, il lui faudra s'exiler.

Torilla écoutait, sans dire un mot, les mains jointes; mais Beryl poursuivit, sans remarquer son trouble :

– S'il restait en Angleterre, personne ne lui adresserait plus la parole. Il serait au ban de la société!

Cette affaire semblait la mettre particulièrement en joie.

Mais Torilla écoutait à peine sa cousine. Ses jambes se dérobaient sous elle et elle se rassit précipitamment.

(1) Quartier aristocratique de Londres.

Jamais elle n'avait imaginé un seul instant que le marquis choisirait cette solution-là pour résoudre le problème. « Comment aurais-je pu deviner? » se reprochait-elle désespérément. Elle avait peur, rétrospectivement, pour lui. Rongée d'inquiétude, elle demanda encore une fois à Beryl :

– Es-tu vraiment... absolument certaine que le marquis n'a pas été grièvement blessé?

Sa cousine se laissa tomber sur un sofa en soupirant :

– Comme tu fais des histoires pour rien, ma pauvre Torilla! Gallen se porte comme un charme, comme toujours, bien sûr! N'as-tu pas encore compris que cet homme-là est indestructible? Je me demande bien ce que ce sir Joscelyn avait pu dire sur moi? Charles m'affirme qu'il faut qu'il m'ait terriblement calomniée pour que Gallen l'ait provoqué en duel.

» Je pense que je ne le saurai jamais, soupira-t-elle, car Gallen ne voudra certainement pas me le raconter : je le connais trop!

– L'as-tu vu? s'enquit timidement Torilla.

– Qui donc? Gallen? Non! Je suppose qu'il doit être chez lui. Alors, comme il serait très incorrect de ma part d'aller sonner à sa porte sans chaperon...

Comme elle riait, Torilla osa espérer qu'elle n'avait pas parlé sérieusement. Puis la jeune fille ajouta en toute hâte :

– Surtout, pas un mot à maman, Torilla. Tu connais toutes les histoires qu'elle fait quand il s'agit de ma bonne réputation... Et cela ne fait pas bon effet d'être la cause d'un duel.

– Sois tranquille, je ne dirai rien du tout.

Elle avait du mal à ne pas pleurer de joie en pensant que le marquis n'avait été que légèrement blessé. Elle se répétait avec un émoi indicible : « Il aurait pu se faire tuer! Sir Joscelyn aurait pu le blesser mortellement! »

Elle avait beau essayer de refouler ces idées sinistres de son esprit, elles revenaient sans cesse. Alors elle se répétait que le marquis n'avait rien et qu'elle ne devait pas se laisser aller à être si peu courageuse. Mais elle savait, elle, à quoi s'en tenir exactement : c'était pour elle que le marquis s'était battu, pas le moindre doute; et elle se faisait de sérieux reproches, n'écoutant Beryl que d'une oreille.

– Je crois qu'il ne peut plus rien m'arriver de nouveau, maintenant! Tout m'est arrivé décidément! Jusqu'ici, les hommes qui avaient menacé de se battre en duel pour moi ne l'avaient jamais fait! Mais cette fois-ci, c'est arrivé! Cela me fera quelque chose de passionnant à raconter à mes petits-enfants, si j'en ai jamais!

Le ton frivole de Beryl hérissa Torilla qui comprenait mal cette inqualifiable légèreté.

Si elle s'était trouvée dans la position de sa cousine, elle aurait donné libre cours à son anxiété. Elle ne se serait pas préoccupée de savoir si c'était correct ou non, mais se serait précipitée chez le marquis et rien ne l'aurait empêchée de rester auprès de lui. Pauvre Torilla, qui aurait tant aimé être dans la position de Beryl, simplement pour faire ce que sa cousine ne faisait pas!

Beryl se leva :

– Tout ce que j'espère c'est que cela ne va pas nous empêcher de sortir ce soir! Il ne manquerait plus que Gallen nous fasse faux bond et refuse de nous emmener à l'Opéra! C'est une soirée exceptionnellement chic! Et nous serons dans la loge du prince régent, pense donc!

– Nous? Moi aussi? questionna Torilla avec étonnement.

– Naturellement, toi aussi! L'invitation te comprend toi aussi, chérie! Le prince a, d'ailleurs fait toutes sortes de compliments sur toi, l'autre soir, à maman. Et, après l'Opéra, nous allons tous souper à Carlton House, expliqua Beryl avec enthousiasme.

Torilla jeta un coup d'œil vers la lettre qu'elle avait commencé à écrire à son père. Elle se sentait si lasse qu'elle dit d'une petite voix :

– Je me demande si tu tiens réellement à ce que je sois présente le jour de ton mariage? Parce que... Je crois que papa a besoin de moi. Je devrais repartir pour aller m'occuper de lui... Ce serait mieux.

Beryl jeta un grand cri :

– Tu es folle? Bien sûr que tu dois rester ici et être auprès de moi le jour de mon mariage! Tu seras ma demoiselle d'honneur. Et puis, moi, je veux que tu sois là! Tu sais bien que je suis malheureuse sans toi! Je ne peux pas m'amuser quand tu n'es pas là, Torilla, pour me faire voir le côté amusant des choses!

Torilla fit effort pour répondre :

– Si tu tiens vraiment à ce que je sois là, je resterai, ma chérie! C'était seulement une idée, comme ça...

– Une idée complètement idiote, oui! Je n'ai pas l'intention de te perdre de nouveau. Maintenant que tu es revenue, je te garde, Torilla! Et, si tu fais des objections, j'écrirai moi-même à ton père! Je sais bien ce que je dirai à oncle Auguste : je lui dirai que la première qualité d'un pasteur a toujours été de ne pas être égoïste et que, s'il te retenait loin de moi, il manquerait à son devoir. Car ce serait très égoïste de sa part! Voilà!

Elle lança cette diatribe en riant, avec sa légèreté habituelle, et quitta la pièce, toute contente de son effet. Mais Torilla ne rit pas; elle se cacha le visage dans ses mains.

Elle était encore bouleversée par la nouvelle de ce duel et son émotion avait ravivé en elle la violence de son amour.

La nuit précédente, après le bal chez lady Melchester, elle était restée éveillée, à ressasser jusqu'au matin les sentiments contradictoires que lui faisait éprouver cette malencontreuse passion – passant de la joie merveilleuse de se savoir aimée par le marquis au désespoir le plus sombre à la pensée qu'ils resteraient toujours séparés par Beryl qui était là, comme une épée de feu entre eux.

Torilla ne pouvait se résoudre à condamner leur amour : il lui semblait si beau, si pur. N'est-on pas entièrement libre de ses sentiments et de ses pensées, se répétait-elle, tant qu'ils ne nous incitent à commettre des actes dangereux pour les autres?

Ils n'avaient le droit – ils n'auraient jamais le droit de voler si peu que ce soit de bonheur à Beryl, sinon leur amour perdrait sa qualité suprême et se flétrirait en infamie. Torilla en éprouvait un désespoir immense, mais elle avait l'âme assez fière pour se refuser à commettre la moindre folie au nom de leur amour et ne jamais permettre au marquis de déshonorer son nom.

Torilla savait pertinemment qu'il était homme d'honneur et n'avait jamais failli au code moral que respecte tout gentilhomme digne de ce nom. Elle n'accordait pas une si grande importance aux aventures galantes que l'on attribuait au fiancé de Beryl. Et ces règles de l'honneur concernaient au plus haut point leur amour qui se situait sur un tout autre plan.

Il n'avait jamais triché au jeu de cartes ni faussé une course en faisant retenir ses chevaux. Il était de même incapable de tirer comme l'avait fait sir Joscelyn avant le signal ou de reprendre une parole donnée. Et c'était pour cela même qu'elle l'aimait.

Elle puisait donc le courage de renoncer au bonheur de vivre leur amour dans le désir qu'elle avait de ne pas détruire l'admiration immense qu'ils éprouvaient mutuellement pour leurs qualités morales.

Torilla se répéta plusieurs fois : « Je l'aime tel qu'il est et pour ce qu'il est. Jamais je ne contribuerai à corrompre le cœur d'un tel homme. »

Son sacrifice lui parut même léger au souvenir de sa générosité lors de son passage à Barrowfields.

Elle appréciait sa franchise, sa loyauté, son sens du devoir et des responsabilités : ne se reconnaissait-il pas seul coupable de la honteuse exploitation des mineurs, sans chercher la moindre excuse à sa négligence? N'était-ce pas le fait d'une belle âme et courageuse?

Son ardeur à tout réformer, son désir de faire de Barrowfields la mine la mieux équipée et la plus moderne question confort et sécurité et des mineurs, sa hâte de complaire au pasteur, tout cela attestait suffisamment les remords d'une âme généreuse disposée à faire le bien.

Le marquis ne se rendit pas à l'Opéra, ce soir-là. Il fit dire à Beryl qu'il obéissait en cela aux ordres des médecins. Mais Torilla devina sans peine quel motif tout personnel avait incité le fiancé de Beryl à se dérober.

Il n'avait certainement pas plus envie que Torilla de se retrouver avec elle en public, si peu de temps après leur tragique conversation. Il craignait sans doute, comme elle, de trahir ses véritables sentiments en se retrouvant face à elle. Il leur faudrait, à tous deux, un certain temps pour s'adapter à leur nouvelle situation.

Ainsi devinrent-ils très prudents, l'un comme l'autre. Ils évitaient le plus possible de se rencontrer et ne se virent jamais qu'en des endroits très fréquentés. Jamais le marquis ne chercha à s'entretenir seul à seule avec Torilla.

Cependant, ils étaient dotés de la clairvoyance que donne un grand amour; et, chaque fois que Torilla l'apercevait, même de loin au milieu d'une cohue gaie et mondaine, elle voyait qu'il souffrait terriblement. Il avait maigri. Une expression cynique devint permanente sur son visage, où se creusaient des rides profondes que Torilla savait être les stigmates d'un désespoir profond, égal au sien.

Elle apprit, tout à fait fortuitement, par l'un des valets du marquis, qu'il avait pris l'habitude de monter pendant des heures, jusqu'à épuisement de sa monture.

Torilla était sensiblement dans le même état. Elle avait perdu l'appétit. Il lui fallait se forcer pour goûter du bout des lèvres la nourriture exquise et raffinée qu'elle avait pourtant retrouvée avec plaisir.

Beryl finit par s'inquiéter en constatant qu'elle maigrissait à vue d'œil. Peu de temps avant le mariage, elle lui dit un jour :

– Que se passe-t-il donc, Torilla? Tu fonds littéralement! Tu es si maigre maintenant que mes robes qui t'allaient le mieux pendent lamentablement sur tes épaules. On dirait des sacs à pommes de terre! C'est catastrophique : si tu continues comme ça, il va falloir rectifier ta robe de demoiselle d'honneur.

– Elle me va admirablement! se hâta de répondre Torilla.

Mais elle se garda bien d'avouer qu'elle l'avait déjà reprise à la taille et à la poitrine...

C'était une robe ravissante, et Torilla était pleine de gratitude pour sa tante qui s'était montrée très généreuse en la lui choisissant aussi somptueuse, sans lésiner sur ce qu'elle lui offrait. Et elle aurait dû être folle de joie à la perspective de la mettre.

Pourtant, chaque fois qu'elle la regardait, elle avait la triste impression de voir une sorte de linceul sous lequel elle allait ensevelir le dernier souffle du bonheur.

Elle avait, en effet, pris la décision de retourner irrévocablement à Barrowfields dès le lendemain de la cérémonie et de ne plus jamais revenir à Londres ni dans le Sud. Comment revoir le marquis lorsqu'il serait l'époux de Beryl! Elle appréhendait les réactions qu'elle ne manquerait pas d'avoir et dont elle aurait honte. Elle ne pourrait s'empêcher d'éprouver de la jalousie, malgré tout, envers Beryl et se laisserait envahir par une amertume méprisable en voyant unis pour la vie ces deux êtres qu'elle aimait pourtant profondément l'un et l'autre.

Or, elle abhorrait ces sentiments et refusait de les laisser pénétrer dans son cœur. Elle tenait à conserver, intacte, son ancienne tendresse pour sa cousine. Toutes les nuits, elle priait et retournait le problème durant des heures, répétant : « Aidez-moi, mon Dieu! Je les aime tous les deux! Et je souhaite qu'ils soient heureux. Aidez-moi, aidez-moi! »

Elle se sentait perdue, comme un petit enfant dans le noir. La violence de la passion qui l'habitait l'effrayait. Elle ne pouvait ignorer l'impulsion irrépressible de tout son être qui réclamait le marquis.

La soif que Torilla ressentait dans son cœur était si terrible qu'elle redoutait par moments de ne plus pouvoir la dominer et la cacher.

Beryl avait tenu à dessiner elle-même le modèle de la robe de cortège de Torilla, en satin blanc. Les ourlets étaient ornés de roses blanches brodées de fil diamanté : on eût dit ces roses constellées de gouttelettes de rosée. Torilla devait avoir une guirlande des mêmes roses dans les cheveux, ce qui était d'un effet ravissant. Un gros bouquet des mêmes fleurs artificielles complétait l'ensemble.

Le jour du dernier essayage, Beryl déclara :

– Tu es divinement séduisante, ma petite chérie! On dirait presque que c'est toi la mariée!

Et la couturière renchérit :

– Vous avez raison, milady! Et j'espère bien que d'ici peu, j'aurai à coudre une véritable toilette de mariée pour miss Clifford!

Beryl sourit gentiment en répondant :

– Je pense que c'est bien possible.

Torilla devina que sa cousine pensait encore à lord Arkley. Aussi avait-elle été sur le point de dire tout net qu'il n'en était pas question. Mais elle s'était tue, n'estimant pas nécessaire de protester contre ce prétendant, puisqu'il ne serait jamais question de mariage pour elle, ni avec lord Arkley ni avec un autre. Mais ce n'était ni le lieu ni le moment de l'annoncer.

Torilla savait que Beryl ne la comprendrait pas. Quant à sa tante, il était hors de doute que, chaque fois qu'elle en trouvait l'occasion, elle continuait à intriguer en faveur du mariage de sa nièce.

Heureusement, la comtesse avait tellement de choses à faire avant les noces de Beryl, elle était tellement absorbée par les préparatifs, qu'elle n'avait pas beaucoup de temps à consacrer à sa nièce. Mais Torilla se rendait compte que l'idée de la marier ne quittait pas sa tante. Aussi décida-t-elle de repartir pour Barrowfields aussitôt après la cérémonie. « Quand je serai là-bas, tante Louise ne pourra plus s'occuper de moi », se disait-elle pour se rassurer, tout en évoluant dans le salon de la couturière.

Beryl qui l'avait examinée d'un œil critique se déclara satisfaite :

– Je crois que cette robe est parfaite et qu'il ne reste plus rien à y faire, dit-elle à la couturière.

– Non. Elle est entièrement terminée. Je la ferai livrer demain Curzon Street.

– D'accord, et vous livrerez la mienne par la même occasion.

– C'est entendu, milady.

Torilla se tourna vivement vers sa cousine :

– Dire que je n'ai pas encore vu ta robe de mariée ! Montre-la-moi, Beryl !

Mais Beryl secouait la tête :

– Non, non ! Je veux que ce soit une surprise pour tout le monde ! Je n'ai même pas permis à maman de la voir !

– Oh ? Je croyais quand même que tante Louise, tout au moins, l'avait vue ! se récria avec stupeur Torilla.

– Personne ne l'a vue ! n'est-ce pas, madame ? affirma vigoureusement la jeune fille d'un air énigmatique.

La couturière secoua la tête d'un air entendu :

– Oh ! ce sera réellement une surprise pour tout le monde, milady. Pas seulement pour les membres de votre famille; mais également pour toutes les femmes de Londres qui sont toutes très curieuses de savoir comment sera votre robe de mariée, je vous assure !

Torilla contemplait sa cousine avec une certaine appréhension. La connaissant comme elle la connaissait, elle devinait, à son air, que Beryl avait « mijoté » une excentricité quelconque et elle était curieuse de savoir de quoi il s'agissait.

La mariage de Beryl devait être le dernier grand événement de la saison de Londres. Le prince régent avait, en effet, déjà annoncé son départ pour Brighton, sa résidence d'été.

On pouvait facilement prévoir que le Tout-Londres se presserait place de Hanovre pour assister à la cérémonie qui avait lieu naturellement à St. George. Et il ne resterait pas un siège libre dans l'église, à en juger par la quantité de cadeaux qui s'accumulaient tant chez le marquis, dans son hôtel de Park Lane, que chez sa fiancée.

La comtesse ne savait où donner de la tête, car elle devait encore dresser une liste pour que sa fille puisse remercier correctement les donateurs en temps voulu.

Beryl ruait d'ailleurs dans les brancards, à la perspective de cette corvée :

– Si les gens s'imaginent que je passerai ma lune de miel à écrire des lettres de remerciements pour tout ce fatras, ils se trompent lourdement! déclara-t-elle ce matin-là à sa mère.

Torilla l'aidait à déballer la bonne dizaine de cadeaux arrivés le matin même. Elle fit remarquer à Beryl :

– Il y a de jolies choses.

Beryl eut une moue de mépris :

– Je trouve que c'est surtout de la pacotille! Regarde-moi cette broche en grenats! Me vois-tu porter des grenats, quand Gallen possède une collection de rubis absolument fabuleuse avec laquelle on pourrait payer la rançon d'un roi?

– Mais c'est une vieille dame qui nous a connues enfants qui t'en fait cadeau. Elle a certainement fait un gros sacrifice en s'en séparant pour te l'offrir : elle explique, dans sa lettre, que cette broche lui vient de sa grand-mère, fit observer Torilla, attendrie.

– Je ne veux pas que les gens fassent des sacrifices pour moi, répliqua Beryl d'un ton sec, en se relevant brusquement.

Elles étaient assises par terre au milieu des paquets pour les déballer. Torilla leva sur sa cousine un regard surpris.

Depuis deux jours, Beryl était énervée au plus haut point. Tout l'irritait, et elle se désintéressait des préparatifs.

Torilla avait l'intuition que Beryl n'était pas heureuse.

– Qu'est-ce qui ne va pas, ma chérie? s'inquiéta-t-elle d'une voix douce.

– Que veux-tu qui n'aille pas? Pourquoi voudrais-tu que quelque chose n'aille pas? rétorqua Beryl avec mauvaise humeur.

Sa voix était agressive. Torilla estima qu'elle couvait une grippe ou qu'elle était énervée, comme les jeunes filles le sont avant leur mariage.

– Si nous allions faire un petit tour dehors? Viens mettre ton chapeau, Torilla! proposa-t-elle.

Torilla jeta un coup d'œil vers la pendule :

– Il est déjà plus de 4 heures! Tante Louise ne va pas tarder à rentrer... objecta-t-elle sagement.

– Raison de plus pour partir! s'écria Beryl. J'en ai assez d'entendre parler de l'importance de la réception et des quantités de meringues et de choux à la crème qui seront servis à Carlton House.

Torilla ne répondit pas et suivit docilement sa cousine au premier étage.

Sur le palier, la femme de chambre se précipita vers Beryl et lui annonça joyeusement :

– On vient de livrer votre robe de mariée, milady! Celle de miss Torilla aussi et je l'ai accrochée dans sa penderie.

– Merci beaucoup, dit Torilla avec un sourire.

Beryl ouvrit la porte de sa chambre sans rien dire, mais, au moment où elle allait y entrer, elle se retourna vers Torilla :

– Viens... viens voir ma robe : j'espère qu'elle te plaira!

Torilla la suivit donc. D'après les dires de sa cousine, elle s'attendait à une toilette très originale. Mais la robe étalée là, sur le lit devant elle, dépassait en non-conformisme tout ce qu'elle avait pu imaginer : la robe de mariée de Beryl était rose!

Un rose extrêmement pâle, il est vrai, et un modèle absolument ravissant. Mais Torilla se répétait, avec stupéfaction : « A-t-on jamais vu une mariée porter une robe rose? »

Taillée dans un tulle vaporeux, elle était garnie de roses comme celle de Torilla. Et la très longue traîne était tout incrustée de roses sur lesquelles rutilaient des gouttes de rosée rehaussées de fil diamanté. C'était là une toilette extrêmement originale et un peu théâtrale qui donnerait très certainement beaucoup d'allure à Beryl.

Torilla en convenait, mais une question se posait : quelle serait la réaction du marquis devant la couleur de cette toilette? Elle n'osait en parler, mais elle pensait avec inquiétude : « Que va-t-il dire en voyant sa fiancée se marier en rose? »

Apparemment, Beryl ne s'en souciait pas le moins du monde, car elle ajouta tranquillement :

– Vois, je mettrai une couronne de fleurs roses pour fixer mon voile, rose également. Regarde comme il est long!

Elle mit une certaine insistance dans ses explications, et regardait sa cousine avec un air de défi. Mais Torilla ne répondit pas immédiatement.

– C'est absolument ravissant et tu vas être magnifique, ma chérie! Mais... tu sais, tu aurais été tout aussi belle en blanc... finit-elle par dire d'une voix très douce.

Il y eut un moment de silence. Et, quand Beryl répondit enfin, ce fut d'une voix dure, les dents serrées :

– Oui, mais cette couleur-là, vois-tu, je n'ai plus le droit de la porter pour me marier...

Torilla ouvrit des yeux immenses et jeta un cri de stupéfaction :

– Beryl... qu'est-ce que tu dis?

– La stricte vérité...

Torilla ne savait plus où elle en était. Elle balbutia :

– Est-ce que? Enfin, Beryl... voudrais-tu dire que...

– Que je ne suis pas une fiancée pure et virginale? coupa Beryl d'un ton sarcastique. Mais parfaitement, Torilla! C'est justement ce que je suis en train de te dire! Autant que tu connaisses la vérité!

– Mais... mais..., bredouilla Torilla, si c'est lord Newall que tu aimes... C'est lui, n'est-ce pas, que tu aimes? Alors, pourquoi...

– Charles Newall n'a rien à voir là-dedans! L'homme à qui je me suis donnée était... mon mari!

Torilla dévisagea sa cousine en se demandant si elle n'était pas devenue subitement folle.

Mais, brusquement Beryl poussa un petit cri plaintif et se laissa tomber sur le tabouret devant sa coiffeuse en se cachant les yeux avec les mains :

– Oh! Torilla!... Il y a longtemps que je voulais tout te raconter!... Mais, à quoi cela aurait-il servi? J'ai été si malheureuse... désespérément malheureuse! Mais cela n'aurait rien changé si j'en avais parlé!

Torilla se précipita vers Beryl et lui passa les bras autour du cou en se laissant tomber à genoux sur le sol à côté d'elle.

– Raconte-moi tout maintenant! Il faut me raconter, chérie!

Les larmes ruisselaient sur les joues de Beryl.

– Je l'aimais, Torilla, je l'aimais... de toute mon âme! C'était un amour comme celui dont nous parlions toujours, dont nous rêvions ensemble, Torilla! C'était même quelque chose de plus merveilleux encore!

– Mais qui était-ce?

– Comment? Tu ne devines pas? demanda Beryl avec une sorte de demi-sourire à travers ses larmes.

Torilla la regarda et comprit :

– Rodney?

Beryl hocha la tête affirmativement :

– Oui, c'était Rodney. Je crois que je devais être amoureuse de lui depuis le temps où je n'étais qu'une petite fille! Mais je n'ai compris que je l'aimais qu'au moment où il est parti... pour la guerre, pour rejoindre son régiment!

– Je m'en souviens. Mais je n'avais pas deviné...

– Tante Elisabeth venait de mourir : tu étais trop malheureuse pour faire très attention à ce qui se passait autour de toi! J'avais voulu te le dire. Mais Rodney avait peur que, si quelqu'un apprenait que nous nous aimions, on lui interdise de remettre les pieds à la maison...

Elle s'interrompit pour jeter un regard désespéré à Torilla à travers ses larmes. Puis elle reprit :

– Tu te doutes bien que ni papa ni maman ne l'auraient trouvé suffisamment bien pour moi!

Puis elle se remit à sangloter et se cacha le visage dans ses mains.

– Oh! si, il était bon pour moi! Il représentait pour moi le mari idéal! Et il m'avait dit qu'il tenait plus à moi qu'à l'existence!

La voix de Beryl se brisa et elle se mit à sangloter sans pouvoir s'arrêter. Ses larmes mouillaient les joues de Torilla qui la serrait contre elle et la berçait, comprenant qu'elle ne pouvait rien dire pour la consoler.

Au bout d'un moment, Beryl reprit :

– Tu ne dois pas t'en souvenir : mais je suis partie passer quelques jours à Londres en disant à papa que j'allais rejoindre maman... Mais elle ignorait que j'avais quitté la campagne... Nous étions partis avec Rodney pour nous marier. On nous a mariés, avec une autorisation spéciale, très vite, sans formalités, car il allait partir à l'armée. Nous sommes allés nous loger dans un hôtel, et... Oh! Torilla... j'ai connu le paradis!... si tu savais comme c'était merveilleux...

– Je comprends, murmura Torilla.

– Nous nous aimions... C'était un bonheur!... Mais le régiment de Rodney devait partir pour l'Espagne; et il a fallu se quitter!

Torilla se rappelait, en effet, que Rodney avait été affecté à une division envoyée en renfort pour se joindre à l'armée du duc de Wellington et qui devait pénétrer en France, au début de l'année 1814.

Mais sa cousine poursuivit son récit :

– Rodney était convaincu que la guerre allait rapidement se terminer. Sitôt de retour, nous aurions avoué à papa ce mariage secret. Les parents n'auraient rien pu dire... Mais il n'est jamais revenu!

Et Beryl éclata de nouveau en sanglots.

Torilla pleurait presque aussi fort qu'elle tout en essayant de lui prodiguer des consolations dont elle sentait l'inutilité.

Beryl essaya de continuer :

– Je... je n'ai jamais... jamais rien dit... à personne! Il n'y a que toi, maintenant, qui es au courant! Après la mort de Rodney, pourquoi raconter tout cela!

– Mais, au marquis? s'étonna Torilla.

– Quel intérêt? demanda Beryl en essuyant son visage avec son mouchoir.

– Mais il me semble... que ton fiancé a le droit de savoir, se hasarda à dire Torilla.

– Je n'ai pas fait d'enquête sur le passé de Gallen; et je ne vois pas pourquoi il me poserait des questions sur le mien. Il ne le fera certainement pas! déclara vigoureusement la jeune fille en se tournant vers son miroir.

Elle y aperçut, auprès de la sienne, la figure de Torilla, aux joues inondées de larmes.

– Allons, ne te tracasse pas pour moi, mon petit chou! C'est la dernière fois que je pleure sur Rodney... la dernière fois que je parle de lui! C'est fini, fini! affirma-t-elle.

– Mais tu ne pourras pas l'oublier, observa Torilla.

– Pourtant, je vais essayer! J'essayerai de ne plus jamais penser à lui! déclara Beryl d'un ton résolu.

Torilla se releva et se mit à contempler la robe rose de Beryl. Elle était toute songeuse :

« Elle se refuse le droit de porter une robe blanche : c'est bien Beryl, cela! Honnête avec elle-même, jusqu'au dernier scrupule... Quelle fille étonnante! »

Comment ne s'était-elle aperçue que Rodney et Beryl étaient épris l'un de l'autre? Il fallait être aveugle. Elle se remémorait des milliers de petits incidents révélateurs auxquels elle n'avait pas attaché la moindre importance dans le passé.

Elle avait deux ans de moins que Beryl et cinq de moins que Rodney : peut-être les avait-elle toujours regardés avec des yeux d'enfant!

Et puis aujourd'hui, elle qui était tellement amoureuse du marquis, comprenait la signification des regards qu'ils avaient échangés devant elle et l'existence de cette sorte de courant magnétique qu'il y avait dans l'atmosphère autour de Rodney et de Beryl quand ils étaient ensemble.

Ainsi s'expliquait tout ce qu'elle avait trouvé de déroutant dans la conduite récente de Beryl, depuis son retour.

Si Beryl s'était lancée éperdument dans une vie frivole et mondaine, c'était pour tenter d'oublier qu'elle avait perdu le plus grand bonheur de son existence.

Pour s'étourdir, elle avait recherché l'admiration et l'amour des hommes, avec le courage de qui sait ne jamais pouvoir retrouver le bonheur perdu. Sachant que l'amour ne lui apporterait plus jamais le bonheur, elle avait tenté de le remplacer par l'ambition; ainsi elle avait cherché et réussi à se faire épouser par le marquis de Havingham.

« Voilà qui est tout à fait clair pour moi, maintenant! » se dit Torilla. Il y aurait désormais un motif de plus pour elle de s'effacer devant Beryl et de ne jamais rien faire pour lui prendre le marquis.

La seule chose capable de consoler Beryl d'avoir perdu un grand amour avec la mort de Rodney était évidemment l'acquisition d'une brillante position sociale.

Tandis qu'elle réfléchissait ainsi douloureusement, la voix de Beryl s'éleva dans la chambre :

– Et de cette façon, en portant du rose le jour de mon mariage, je leur fournirai un bon sujet de conversation!

La jeune fille avait repris son petit ton frivole et ironique habituel, et sa cousine comprit qu'elle avait remis le masque sous lequel elle dérobait sa vraie personnalité.

Elle lui dit, d'un ton hésitant :

– Les gens pourraient bien avoir l'idée... de deviner la raison pour laquelle tu as choisi du rose... Ne le crains-tu pas?

– Les gens feraient les mêmes suppositions, si je portais du blanc! Songe que toutes ces vieilles chipies, à l'affût de tout, ont bien dû repérer mes rencontres avec mes innombrables admirateurs! Charles Newall n'est pas le premier! Elles ont déjà chuchoté dans les coins ces deux dernières années! lança Beryl avec un petit rire fêlé qui ressemblait bien plutôt à un sanglot.

– Mais... cela ne te gêne pas, ces médisances?

Beryl haussa les épaules :

– Pourquoi cela me gênerait-il? L'essentiel est que l'on parle de moi, en me calomniant au besoin! Ce que je détesterais vraiment, c'est que personne ne me remarque!

Devant l'air choqué de Torilla, elle s'approcha d'elle et lui dit gentiment, avec un remords :

– Je suis bien contente de t'avoir révélé mon secret, ma chérie! Tu es la seule personne qui puisse me comprendre! La seule qui saura pourquoi il m'arrive de dire des choses abominables : pour oublier...

– Je sais, je comprends très bien. Mais, pense bien aussi, Beryl, que Rodney restera toujours présent près de toi, parce qu'il t'a aimée, comme maman est près de moi – je le sens souvent – depuis qu'elle est morte.

Le visage de Beryl se ferma brusquement :

– J'ai essayé, au début, de croire cela, moi aussi! Quand j'ai appris sa mort, la nuit, je priais et je le suppliais de venir me rejoindre, de venir me prendre dans ses bras comme il le faisait de son vivant... Mais il n'est jamais venu... J'ai fini par me dire que toutes ces histoires de survie de l'âme dont ton père parlait tant et tant n'avaient aucun sens! Quand quelqu'un meurt, tout ce qui reste à ceux qui sont vivants, c'est l'enfer!

– Non, non! Tu ne dois pas penser ainsi! Ce n'est pas vrai : la mort n'existe pas. Bien souvent, quand je suis très malheureuse, je sens que maman est auprès de moi!

– Alors, pourquoi Rodney m'abandonne-t-il? Il m'aimait comme jamais personne ne m'aimera! Nous nous appartenions corps et âme, Torilla! Alors? Pourquoi serait-il si satisfait de me laisser seule maintenant?

– Ce n'est pas vrai! s'entêta Torilla.

– Pourtant, c'est ce que je crois, moi!

Les larmes étaient revenues dans ses yeux et elle les essuya rageusement.

– Ecoute, Torilla, nous ne pouvons plus aller nous promener avec la tête que j'ai maintenant! Je vais m'étendre et me reposer; et je te suggère d'en faire autant : nous avons encore un dîner ce soir. Heureusement, ce n'est pas un grand dîner!

– Il vaudrait mieux que tu ne veilles pas trop tard, puisque c'est demain que tu te maries, répliqua Torilla en essayant de prendre un ton aussi naturel que possible.

– Je ne pense pas me coucher bien tard. Gallen ne viendra pas pour le dîner : je ne comprends pas pourquoi. Mais il s'est excusé par lettre ce matin, prétextant un autre dîner, pour ce soir...

« Sans doute est-il allé faire ses adieux à l'un de ses flirts. Je me demande si c'est cette fameuse veuve dont il a été amoureux pendant un temps, ou bien cette superbe rouquine avec laquelle je l'avais vu un soir au théâtre?

Beryl débita cette phrase d'un ton ironique en souriant d'un air entendu.

Mais Torilla était bien certaine que le marquis n'était sorti avec aucune de ces deux femmes. Elle savait qu'il avait préféré s'abstenir d'assister à une petite réception intime chez sa tante où il l'aurait rencontrée.

Elle se faisait des reproches en y pensant. Mais, après avoir répété rêveusement : « J'aurais dû retourner à Barrowfields sans attendre le jour du mariage », elle se dit qu'elle était contente maintenant qu'elle connaissait son malheur, de s'être effacée devant Beryl et d'être auprès d'elle.

Cela ne pouvait qu'être bénéfique à Beryl de

partager son secret avec elle; et elle était heureuse que sa cousine ait eu l'occasion de le faire. De son côté, elle était relativement rassurée au sujet de Beryl depuis qu'elle connaissait les motifs de son changement de manières et de caractère – qui avait fait d'elle « l'Incomparable » qui ravageait le cœur des dandies les plus difficiles de Londres.

Mais elle éprouvait un lourd chagrin de voir Beryl cacher si courageusement, sous un entrain et une frivolité de bon ton, un si terrible malheur.

Pourtant Beryl avait été l'épouse de Rodney : elle avait connu ce suprême bonheur! Même s'il n'avait duré que trois jours, ce furent trois journées de paradis.

Torilla, elle, allait repartir pour Barrowfields avec, pour seul souvenir, un unique baiser, et la caresse des doigts de son bien-aimé sur sa main.

« Je ne connaîtrai jamais rien d'autre de toute ma vie! » murmurait-elle désespérément. Jamais elle ne pourrait l'oublier, il serait toujours présent dans son cœur et sa mémoire. Mais elle emporterait la meilleure part de lui : car il pouvait bien appartenir à Beryl et peut-être à d'autres femmes, mais son cœur n'appartiendrait jamais qu'à Torilla – il le lui avait donné pour l'éternité.

Il y avait eu tant de choses à faire, dans un tel brouhaha et une telle confusion, le matin du mariage, que Torilla avait fini par craindre que le cortège de la mariée ne parvienne jamais à l'heure à l'église.

La comtesse ne savait plus où donner de la tête. Elle courait à travers la maison, multipliait les ordres contradictoires, à la grande consternation des domestiques. Et l'arrivée du comte de Fernleigh, à la toute dernière minute, mit le comble au désordre.

Il avait été retardé en route par les encombrements de voitures. Chez lui, on avait commencé à croire qu'il avait oublié la date du mariage et qu'il ne viendrait pas pour conduire sa fille à l'autel.

Pour comble, on continuait à apporter des cadeaux, des fleurs et des lettres. C'était un défilé incessant de livreurs qui sonnaient à la porte et dérangeaient les domestiques auxquels incombaient diverses tâches urgentes, tandis que les couturières et les habilleuses mettaient la dernière main aux toilettes.

Les malles de Beryl – il y en avait douze – qu'elle devait emporter pour son voyage de noces, n'étaient toujours pas fermées. Le comtesse et sa fille en étaient encore à s'interroger sur ce qu'il fallait emporter.

Seule Torilla gardait un semblant de calme. Elle ne se faisait pas trop de soucis pour sa cousine qui était, ce jour-là, d'humeur à s'amuser de tout et à ne rien prendre au sérieux.

Par exemple, Beryl s'en prit à la toilette de ses parents. Elle fit ce qu'il fallait pour mettre le comte en colère en lui soutenant que son habit était trop cintré, alors que le vêtement sortait de la boutique du meilleur tailleur de Londres. Ensuite ce fut le tour de la comtesse qui poussa les hauts cris quand Beryl prétendit lui faire changer de chapeau.

Elle était au comble de l'exaspération et s'écria :

– Ne vous occupez pas de moi, Beryl ! Laissez-moi me préparer toute seule ! Et allez vous habiller...

Jetez aussi un coup d'œil sur vos bagages, je ne serais pas surprise si votre chambrière avait oublié plusieurs de vos robes...

– J'en achèterai d'autres! répondit philosophiquement Beryl.

Quand Beryl fut prête, la robe rose déchaîna une tempête de cris. Son père était, pour une fois, aussi furieux que sa mère.

Ils répétaient tour à tour, avec la même indignation, les mêmes mots :

– Une mariée en rose! Mais on n'a jamais vu une mariée en rose, Beryl! C'est impossible...

– C'est même contraire aux usages! répétait le comte d'un ton pompeux.

– Mais enfin, pourquoi ne pas m'avoir demandé mon avis, avant de choisir cette couleur? C'est une grave erreur : une mariée doit respecter la tradition! se lamentait la comtesse.

– Bon, bon! Mais il est trop tard pour changer! Ou je vais à la cérémonie en rose, ou vous pouvez dire adieu à mon mariage : Gallen serait capable de reprendre sa parole si nous n'allions pas à l'église aujourd'hui...

Beryl avait trouvé le meilleur argument : ses parents ne voulaient à aucun prix qu'un gendre aussi flatteur et important leur échappât. Ils se turent donc. Et quelques instants après cette querelle, une voiture emporta la comtesse et Torilla en direction de St. George. Beryl et son père suivaient derrière.

Au bout d'un moment, la comtesse dit à Torilla d'un ton soucieux :

– J'espère que Gallen saura s'y prendre avec

Beryl! Je trouve qu'elle est devenue de plus en plus contrariante ces derniers temps.

Torilla prit un ton conciliant pour la rassurer.

– Elle est vraiment très belle, tante Louise.

Mais rien ne put calmer la fureur de sa tante qui ne cessa de maugréer et de se plaindre tout le long du trajet.

Ce fut d'ailleurs une heureuse diversion pour Torilla. Tous ses efforts pour apaiser la colère de sa tante l'empêchèrent de penser à son propre chagrin.

Elle n'avait, naturellement, pas fermé l'œil de toute la nuit, assaillie par bien des tentations. Mais sa conscience droite avait repoussé ce qu'elle appelait les démons de l'enfer.

Elle était même allée jusqu'à se lever pour écrire une lettre au marquis. Après avoir allumé une chandelle, elle s'était assise et avait commencé à écrire, cédant à sa faiblesse :

Je vous aime. Je suis incapable de vivre sans vous. Je suis prête à accepter ce que vous m'avez demandé de...

Mais elle s'était arrêtée à temps. Ce qu'elle venait d'écrire était inspiré par le diable et elle n'aurait jamais le courage de commettre cette infamie.

Elle avait déchiré en mille morceaux la feuille, affolée par son geste; puis s'était jetée sur son lit. Là, elle avait sangloté pendant des heures, jusqu'à ne plus avoir la force de pleurer.

A son arrivée à l'église, le marquis n'était pas encore présent. Mais quand il sortit de la sacristie et vint prendre place devant les marches de l'autel pour attendre l'arrivée de sa fiancée, elle crut qu'elle allait s'évanouir.

Aussitôt elle se mit à penser aux longues années de vie solitaire qui l'attendaient. « Combien de temps vivrai-je ainsi séparée de lui? Vais-je savoir me satisfaire de mon respect de l'honneur, de mon sens du devoir? Ne connaîtrai-je réellement jamais l'amour? » Ces questions angoissantes tourbillonnaient dans sa tête, tandis qu'elle regardait avancer la mariée.

Torilla marchait lentement dans l'allée centrale de l'église, les yeux baissés, à quelques pas derrière Beryl dont la longue traîne rose ondoyait sur le sol. C'était un vrai calvaire pour elle, son cœur se serrait dans sa poitrine. Et les mots qui martelaient sa tête la blessaient : « Je l'aime! Je l'aime », se répétait-elle.

De nouveau le terrible désir de s'enfuir au bout du monde, avec lui, l'envahissait comme la nuit précédente. Elle aurait voulu bondir jusqu'à lui, qui était assis là, devant elle, à côté de Beryl, pour lui dire : « Partons! »

L'évêque, revêtu de ses chatoyants vêtements sacerdotaux, commença l'office.

Mais Torilla n'avait d'yeux que pour les larges épaules et le chevelure brune du marquis. Elle ne pouvait voir son visage, mais devinait qu'il avait le teint gris, les yeux tristes et la bouche amère.

L'évêque prononça enfin les paroles rituelles :

– Or donc, si quelqu'un connaît un motif juste interdisant aux futurs époux ici présents de s'unir légalement par le sacrement du mariage, qu'il nous le révèle! Qu'il parle maintenant, car ensuite il sera trop tard et il devra se taire.

En elle-même, Torilla pensait avec amertume : « Un juste motif? Hélas, quel motif saurait être plus juste que l'amour? Existe-t-il une seule chose plus essentielle que l'amour – quand il est aussi absolu que celui que le marquis et moi éprouvons l'un pour l'autre – qui puisse justifier le mariage de deux êtres? »

Elle avait franchement envie de se lever et de crier qu'il y avait un empêchement à ce mariage.

Mais l'évêque continuait à réciter les paroles traditionnelles :

– Je vous somme, tous deux qui allez être unis devant les hommes et devant Dieu, si vous avez connaissance d'un motif juste qui pourrait interdire légalement votre mariage, de nous le faire connaître : je vous conjure de le confesser immédiatement et sans attendre, en vous rappelant que vous devrez répondre de vos silences comme de vos paroles au jour du Jugement Dernier, lorsque tous les secrets enfermés dans vos cœurs seront mis à découvert!...

Torilla, en l'écoutant, songeait que le marquis n'avait pas de secret pour elle dans son cœur. Elle gardait les yeux fixés sur la chevelure brune de l'homme qu'elle aimait, espérant vaguement qu'il se retournerait pour la regarder.

Mais l'évêque poursuivait implacablement :

– Gallen, Alexander, voulez-vous prendre cette femme pour épouse et vivre avec elle selon la Sainte Loi de Dieu?

Torilla sentit qu'elle allait s'évanouir. Tout tournait autour d'elle : les murs, les vêtements de soie, les visages.

Une voix tonitruante s'éleva soudain au fond de l'église :

– Arrêtez! Ce mariage ne peut se faire!

Toutes les têtes se tournèrent vers le fond de l'église, et Torilla, sidérée, regarda aussi.

L'homme qui avait crié était debout dans le transept, devant la porte ouest. A contre-jour comme il l'était, on ne pouvait distinguer les traits de son visage. Il était de haute stature, mais on vit, quand il s'avança, qu'il boitait. Ses hautes bottes étaient couvertes de poussière.

Quand il fut assez près, Torilla découvrit qu'il avait une profonde cicatrice sur le front – et elle le reconnut enfin!

L'évêque interrompit la cérémonie en entendant le cri d'avertissement jeté par l'inconnu, et le marquis et Beryl se retournèrent lentement pour voir ce qui se passait.

Un hurlement monta jusqu'à la voûte, puis un cri dans lequel l'incrédulité se mêlait à la joie :

– Rodney!

Déjà Beryl dévalait l'allée, bondissait dans le transept, trébuchant dans sa traîne rose. Elle serait tombée, si Rodney ne l'avait juste à temps saisie dans ses bras!

– Rodney! Rodney! Tu es vivant! Tu es vivant... Vivant!

Toutes les femmes pleuraient sans exactement comprendre pourquoi, en entendant ces paroles incohérentes dont les accents de joie profonde les bouleversaient.

Par la suite, Torilla ne se souvint jamais très bien comment ils avaient tous quitté l'église et s'étaient finalement retrouvés à Carlton House, chez le prince régent.

Lors du trajet en voiture, son oncle et sa tante

semblaient absolument accablés et ne disaient presque rien; mais le nom de Rodney revenait sans cesse sur leurs lèvres.

Avant de quitter St. George, le jeune homme donna toutes les explications nécessaires à l'évêque dont il lui fallut apaiser le courroux. Il lui raconta brièvement qu'il venait de débarquer, revenant de France. Il avait chevauché d'une seule traite, toute la nuit, dans l'espoir d'arriver à temps avant la cérémonie, pour éviter à Beryl de devenir involontairement bigame.

Ensuite, à Carlton House, il présenta des excuses au prince pour sa tenue vestimentaire. Mais le prince était beaucoup trop intrigué par cette invraisemblable aventure pour se préoccuper de détails aussi secondaires. Balayant les scrupules de Rodney d'un geste, il lui demanda, impatient, pressé de savourer une histoire de choix :

– Il faut me raconter très précisément tout ce qui vous est arrivé, mon cher garçon! Comment se fait-il que vous ayez été ainsi oublié, lorsque notre armée a quitté la France?

Torilla apprit tous les détails après la réception, chez le comte et la comtesse de Fernleigh, Curzon Street.

Rodney avait été très grièvement blessé dans la bataille de Toulouse et était resté pour mort sur le champ de bataille. Là, il avait été dépouillé de son uniforme et de tout ce qu'il avait sur lui, jusqu'à ses bottes, par des pillards.

Il avait reçu une balle dans la cuisse, mais surtout il était totalement inconscient par suite d'une blessure à la tête.

C'est pourquoi les Anglais l'abandonnèrent quand

ils voulurent récupérer leurs morts et leurs blessés après le combat. Des prêtres français qui vinrent réciter les bénédictions pour les morts s'aperçurent qu'il était encore en vie.

Ils l'emmenèrent dans un couvent où des religieuses soignaient sur place les soldats trop gravement blessés pour supporter le transport jusqu'à Toulouse ou Bordeaux.

On crut tout d'abord qu'il était perdu. Il avait cependant guéri lentement. Mais, au bout de quelques mois, quand il fut de nouveau capable de parler et de comprendre, il avait totalement perdu la mémoire.

– Je ne me souvenais même pas de mon nom et je ne savais pas que j'étais anglais. En fait je n'avais plus la moindre idée sur ma personne et mon identité! expliqua Rodney.

– Tu ne te rappelais même pas de moi? intervint Beryl en se serrant contre lui, car ils étaient assis l'un près de l'autre sur le sofa et il avait passé le bras autour de la taille de sa femme.

Il répondit à la question de Beryl par un regard où se lisait tout l'amour du monde. Et Torilla qui l'avait intercepté se sentit tout à fait rassurée sur le bonheur dont allait jouir sa cousine. Mais Rodney poursuivit :

– Tu as été la première personne dont je me suis souvenu, lorsque j'ai repris connaissance. J'ai tout de suite revu ton joli visage. Mais j'étais incapable de mettre un nom dessus!

– C'est le même nom que le tien, dit Beryl avec un petit sanglot.

– Je ne m'en suis souvenu que beaucoup plus

tard, ma pauvre chérie! dit-il en posant un léger baiser sur son front.

– Poursuivez! Poursuivez vite, Rodney! J'ai hâte de connaître la suite! s'impatienta la comtesse.

Et Rodney reprit :

– Il y a trois semaines, ma mémoire s'est débloquée. Elle m'est revenue d'un seul coup! Et je me suis réveillé un matin, sachant le nom de mon régiment et qui était ma femme!

Il resserra l'étreinte de son bras autour de Beryl et continua :

– La seule chose qui importait pour moi était de te retrouver, mon trésor!

– Mais pourquoi as-tu mis si longtemps? s'étonna Beryl.

– Tu vas voir... D'abord, je n'avais pas d'argent! Il fallait donc que je me rende à Paris : j'étais convaincu qu'à l'ambassade d'Angleterre on m'aiderait. Et je ne m'étais pas trompé. Notre ambassadeur a heureusement ajouté foi à mon histoire et il m'a payé mon voyage de retour.

– C'était tout normal! observa le comte.

– A mon arrivée à Douvres, j'ai acheté tranquillement un journal, dans lequel j'ai appris que ma femme devait se marier le lendemain! Oh! Ce fut presque la première chose qui m'est tombée sous les yeux!

– Oh! mon pauvre chéri! Tu as dû être horrifié? s'exclama Beryl désolée.

– J'ai tout de suite décidé qu'il fallait empêcher ce mariage, et j'y ai réussi! déclara le jeune officier.

– N'étais-tu pas trop... trop en colère contre moi? Tu n'étais pas trop fâché en voyant que je... j'avais accepté de me marier avec quelqu'un d'autre? demanda Beryl d'une toute petite voix misérable.

Dans son émotion, elle oubliait qu'elle n'était pas seule avec Rodney. Elle s'adressait à lui comme s'ils étaient perdus, seuls tous les deux, sur une île enchantée et déserte.

Torilla souriait, en les regardant, comprenant que c'était en fait réellement le lieu où ils se trouvaient : leur bonheur les isolait dans un cercle magique et tout ce qui était au delà ne les concernait plus.

Il avait encore beaucoup de choses à leur raconter, mais Rodney, après leur avoir exposé l'essentiel, déclara qu'il lui fallait absolument prendre un bon bain quand Beryl demanda s'il avait besoin de quelque chose.

– Un bain, oui, ma chérie. Et, demain, après m'être reposé, nous partirons immédiatement pour la maison.

Et comme le regard de Beryl s'était fait interrogateur, il expliqua :

– Maman a pleuré assez longtemps pour rien : j'ai hâte que son chagrin finisse!

– Oh! oui! oh! oui! s'écria Beryl. Oh! je voudrais déjà voir le bonheur de ton père et de ta mère, quand ils te verront revenu dans la maison, après t'avoir cru si longtemps perdu pour toujours!

Tout fut organisé comme Rodney le souhaitait et la vie de Beryl se déroulerait toujours ainsi, sous la tendre autorité de Rodney. Beryl aimait trop Rodney pour ne pas être heureuse de lui être entièrement soumise, pensa Torilla avec joie.

La folle société mondaine ne verrait plus la jeune « Incomparable » aux si grandes ambitions qui prétendait devenir la plus importante maîtresse de maison de Londres et la plus adulée pour son rang et ses somptueuses parures.

La seule chose qui importait désormais à Beryl serait de rester auprès de Rodney pour jouir ensemble de ce qui leur importait le plus : leur amour.

7

La lourde diligence avançait lentement sur la grand-route du Nord. Elle s'arrêtait à tous les carrefours et dans les moindres hameaux.

Torilla avait hâte d'arriver à Baldock où les voyageurs devaient descendre pour prendre un repas léger. Elle était montée ce matin même à 7 heures, au départ de Londres à l'Auberge de l'Agneau blanc, Islington Square. Mais la halte était maintenant proche.

Torilla était si profondément plongée dans ses pensées qu'elle s'apercevait à peine de l'inconfort et du désagrément qu'il y avait pour elle à être assise et presque écrasée entre deux grosses paysannes. Elle ne s'aperçut pas non plus qu'un petit garçon faisait tomber des morceaux de chocolat sur sa jolie robe de mousseline.

Arrivée à Hartfield, elle eut une pensée pour Beryl et Rodney et se réjouit du bonheur qu'ils devaient éprouver maintenant qu'ils étaient réunis.

Elle n'avait pas quitté Londres le lendemain du mariage comme elle voulait le faire, par pitié pour sa tante qui s'était retrouvée seule – le comte étant immédiatement reparti au château de Fernleigh – avec une multitude d'obligations désagréables, notamment celle de renvoyer tous les cadeaux.

– Il faut tout renvoyer. Les domestiques pourront se charger de les emballer. Mais il faut que je retrouve toutes les adresses, se plaignit sa tante.

Torilla lui proposa alors gentiment :

– Je vais vous aider, tante Louise.

Ce jour-là, sa tante sut se montrer touchée et reconnaissante de l'aide de sa nièce.

Elles eurent, à elles deux, trois journées de travail. Le dernier soir, il ne restait plus que quelques colis dont elles n'avaient pas retrouvé les donateurs. La comtesse soupira, en regardant les paquets :

– J'ose espérer, quand même, que quelques-uns de nos prétendus amis auront le geste de renvoyer leurs cadeaux à Beryl et à Rodney !

Torilla comprit que sa tante regrettait beaucoup le brillant mariage sur lequel elle avait compté. Aussi s'empressa-t-elle de lui répéter ce qu'elle lui avait déjà dit une bonne dizaine de fois :

– Beryl est très heureuse, tante Louise ! Très heureuse !

La comtesse eut l'air songeur :

– Elle a eu tant de si belles occasions ! Mais Rodney Marsden...

Et cela disait tout, dans la bouche de la comtesse. Elle sortit brusquement de ses réflexions amères et déclara à Torilla, avec une énergie retrouvée :

– Maintenant, je vais avoir tout le temps de m'occuper de vous, Torilla ! Je suis certaine que lord Arkley ne vous a pas oubliée ! Nous allons l'inviter à dîner.

Mais Torilla bondit sur ses pieds :

– Il faut que j'aille retrouver papa, maintenant, tante Louise. Il doit avoir hâte que j'arrive.

La comtesse réfléchit :

– En effet, lord Arkley est peut-être bien parti, comme tout le monde. Il n'y a plus personne à Londres, dès que le prince est à Brighton.

Elle se tourna vers Torilla, et la regarda, comme si elle appréhendait un peu ce qu'elle lirait dans son regard, avant de conclure :

– Retournez voir votre père, maintenant, si vous en avez envie. Mais je vais lui écrire pour vous inviter ici au mois de septembre. Et, alors, à ce moment-là, je m'occuperai sérieusement de vous distraire. Je vous le promets.

Torilla comprit que sa tante avait reporté sur elle ses ambitions déçues par Beryl. Mais elle connaissait trop bien sa tante, il était parfaitement inutile de lui dire qu'elle avait décidé de ne jamais se marier : la comtesse ne se serait pas découragée pour cela, bien au contraire.

Or, Torilla y était bien résolue, puisque le seul homme avec qui elle aurait accepté de se marier avait disparu !

Elle avait espéré, sans trop y croire, que le marquis lui enverrait un mot ou un message, puisque Rodney avait empêché son mariage avec Beryl. Mais depuis, le marquis était resté muet et invisible !

Il n'était pas allé à la réception organisée à Carlton House, ce qui était fort compréhensible. Mais personne n'avait entendu parler de lui depuis ce fameux jour.

Torilla en vint à penser qu'il avait dû être terriblement humilié par ce qui s'était produit.

Il était évident que les langues avaient dû aller bon train. Cet incident peu commun prêtait à toutes les médisances : ce devait être le principal sujet de conversation dans toutes les maisons de St. James à Chelsea.

Torilla espéra quand même jusqu'à la dernière minute, mais elle ne reçut que deux lettres avant de quitter Londres et ni l'une ni l'autre n'étaient du marquis. Elles venaient de Barrowfields. L'une était du pasteur Clifford. Il laissait exploser sa joie de voir la mine se transformer, et Torilla ne l'avait pas vu aussi heureux depuis la mort de sa mère.

Il lui expliquait que l'on était en train d'installer les pompes Buddle pour la ventilation des galeries. Le pompage de l'eau fonctionnait déjà avec de nouvelles machines. On avait distribué des lampes Davy, connues pour leur efficacité. Quant aux mineurs, et à leurs familles, ils osaient à peine croire à leur augmentation de salaire et au bien-être définitif qu'elle leur apporterait.

Et Abby annonçait à Torilla que la santé de son père s'était notablement améliorée depuis son départ de Barrowfields. Voici le texte de sa lettre :

Notre maître reprend du poids. Cela est sans doute dû à ce qu'il se fait moins de souci et a moins de mal à se donner pour les malades et les miséreux. La caisse de secours que le marquis de Havingham a organisée le soulage beaucoup : il n'a plus à prendre en charge les vieillards, les infirmes et les petits enfants. Cela n'empêche pas les Coxwold de lui extorquer tout ce qu'ils peuvent! Je pense que vous savez que Sa Grâce le marquis a doublé les émoluments de votre père. J'ai pu prendre deux jeunes bonnes pour m'aider à tenir la maison et la nourriture est redevenue ce qu'elle était du temps de votre pauvre mère quand nous habitions le Hertfordshire.

Torilla rit à la lecture de la lettre, en voyant que la vieille Abby en voulait toujours autant aux Coxwold pour leur cupidité et la manière dont ils abusaient de la bonté du pasteur. Puis elle reposa la lettre avec un soupir de satisfaction.

Une fois de plus, elle se demanda s'il existait un autre homme au monde aussi généreux, aussi merveilleusement bon que le marquis.

« Comme je voudrais pouvoir le remercier! » pensa-t-elle; mais l'occasion s'en présenterait-elle jamais!

La diligence entra enfin dans la cour de l'Auberge Royal George. Les voyageurs commencèrent à se bousculer et Torilla se décida à se lever.

« Vingt minutes d'arrêt! messieurs dames! » cria le postillon; et tous se précipitèrent dans l'auberge dans l'espoir d'être les premiers servis.

Torilla s'aperçut alors du gâchis qu'avait fait le petit garçon sur sa robe avec son chocolat. Et puis elle se sentit courbaturée et moite.

Une fois à l'intérieur de l'auberge, elle demanda une chambre à une servante pour changer de vêtements : on la fit monter aussitôt.

Elle ne se sentait nullement pressée de redescendre dans la salle. Elle n'avait pas faim et savait d'avance que la nourriture serait peu appétissante.

Elle prit donc le temps de se laver avec de l'eau

fraîche. Puis, comme sa robe était tachée de chocolat, elle décida de la retirer et de mettre une autre toilette pour le dîner.

Elle se recoiffa ensuite soigneusement devant la glace où elle put constater qu'elle avait les yeux cernés. Elle se contemplait avec une tristesse sévère, en se répétant avec angoisse à voix basse :

– Peut-être ne veut-il plus entendre parler de moi ? Plus jamais...

Elle se détourna du miroir pour ne plus penser au chagrin qui lui serrait le cœur quand elle se posait cette affreuse question.

Comme il faisait vraiment trop chaud, elle ne remit pas son chapeau et le glissa dans son sac avant de redescendre. Il était grand temps d'aller demander une tasse de thé avant de repartir.

En bas de l'escalier, elle trouva le propriétaire de l'auberge qui l'attendait visiblement. Il lui dit immédiatement :

– Par ici, madame. Suivez-moi !

Elle déposa son sac de voyage dans le vestibule, pour ne pas en être encombrée dans la grande salle, en se disant qu'elle pourrait le reprendre au moment de repartir.

La patron ouvrit une porte dans le couloir, s'effaça pour la faire entrer et la referma derrière elle. Torilla s'avisa alors qu'elle n'était pas dans la salle commune, mais dans une immense pièce déserte.

Il n'y avait personne, sauf, tout au fond, un homme qui regardait par la fenêtre.

Quand il se retourna, elle resta clouée sur place, médusée. Il marqua un temps lui aussi, sous l'émotion qui s'était emparée de lui en la revoyant. Puis le marquis lui ouvrit les bras et elle courut s'y jeter, avec la précipitation d'un oiseau qui retrouve son nid.

Il ne disait rien, mais la serrait contre son cœur à l'étouffer. Elle leva les yeux et, quand il plongea son regard brûlant au fond du sien, elle eut l'impression que la pièce était soudain illuminée par des milliers de bougies!

Il se mit enfin à l'embrasser passionnément, frénétiquement, avec la rage farouche de qui s'est vu sur le point de perdre l'existence mais a été miraculeusement sauvé.

C'était pour Torilla un baiser aussi merveilleux que le premier et elle retrouvait la même extase, encore plus poignante, plus intense. Son amour avait encore grandi. Il avait la puissance d'une tempête sur la mer, la force dévastatrice d'un incendie ravageant la forêt.

« Elle avait envie de crier très fort : Je vous aime! »

Mais elle était incapable de dire un mot : les lèvres du marquis retenaient les siennes captives. Elles semblaient avoir le pouvoir d'aspirer son cœur qui ne lui appartenait plus. Il n'y avait plus rien d'autre sur terre, semblait-il, qu'elle et lui : rien d'autre n'existait plus pour eux!

Ce ne fut que longtemps, longtemps après, que le marquis releva la tête et, ayant libéré ses lèvres, lui dit, d'une voix tremblante d'émotion :

– Mon précieux amour, mon trésor, J'ai cru que je vous avais perdue à jamais!

– Oh! Gallen... murmura-t-elle, en cachant sa tête contre son épaule.

Des larmes de bonheur jaillirent spontanément des yeux de Torilla bouleversée.

– C'est fini! Tout va bien maintenant, ma chérie! lui dit-il tendrement pour la consoler.

Puis il déposa un baiser sur ses cheveux et reprit :

– Je suis si heureux, si plein de gratitude envers le ciel qui nous permet d'être enfin réunis et qui nous a délivrés de ce cauchemar!

– Ensemble! Ensemble pour toujours... répéta Torilla extasiée en pleurant à chaudes larmes.

Alors il l'embrassa encore, en un long baiser tendre et impérieux, et elle eut l'impression que leurs deux corps se fondaient l'un dans l'autre...

Plus tard, ils se retrouvèrent, buvant et mangeant gaiement, devant une jolie petite table couverte d'une nappe blanche qui était apparue là sans que Torilla s'en fût même aperçue. Elle ne se rendait même pas compte de ce qu'elle mangeait.

Elle était trop occupée à savourer son bonheur de voir le marquis là, devant elle, tout à elle. Elle avait l'impression d'être sa prisonnière chaque fois qu'elle rencontrait son regard.

Elle le voyait avec d'autres yeux. Jamais encore elle ne l'avait vu aussi jeune, aussi spontané, aussi gai! Son visage rayonnait, comme celui de la jeune fille. Et toute expression de cynisme avait disparu de ses traits.

Ils avaient du mal à parler de choses banales. Ils se contentaient de se contempler, comme s'ils revenaient à la vie, comme s'ils renaissaient.

Torilla ne parvenait pas à croire à leur bonheur. Elle posa sa main sur celle du marquis pour s'assurer qu'elle ne rêvait pas, et dit, timidement :

– Vous êtes là : vraiment là! Est-ce bien vrai?

– C'est exactement ce que j'ai, moi aussi, envie de vous dire, mon amour, ma perle merveilleuse, ma bien-aimée!

A la fin du repas, le marquis aida Torilla à se lever de table; puis il lui prit la main pour l'emmener dehors.

Quand, au sortir du corridor obscur, ils débouchèrent dans la cour de l'auberge pleine de soleil, Torilla vit le phaéton avec les superbes alezans qu'elle avait admirés quelques semaines plus tôt à l'Auberge Peligan. Mais, cette fois, il n'y avait pas de valet à côté de l'attelage pour la renseigner et lui dire qu'ils appartenaient au marquis. Les palefreniers de l'hôtellerie maintenaient les bêtes piaffantes.

Torilla s'empressa de nouer sous son menton les brides de son petit chapeau. Mais comme elle allait monter en voiture, elle s'écria avec consternation :

– Mes bagages! Ils étaient sur la diligence!

Le marquis la regarda en souriant :

– Mes domestiques les ont enlevés et emportés depuis longtemps : ils arriveront avant nous!

Il aida Torilla à s'installer sur le siège du phaéton avant d'y grimper lui-même. Puis il lança deux pièces d'or aux palefreniers ravis de cette aubaine. Et, quelques instants plus tard, ils étaient sur la route, filant à une vitesse folle vers le nord de l'Angleterre.

Ils avaient dépassé les dernières maisons du village et roulaient dans la campagne verdoyante, quand Torilla songea enfin à demander :

– Où allons-nous?

– Tout d'abord voir ma mère! Je ne veux pas attendre un instant de plus pour lui faire connaître ma fiancée et lui donner le bonheur de voir qu'elle est digne de ses rêves! Figurez-vous, Torilla, que maman est absolument convaincue que ce sont ses prières qui ont ressuscité Rodney Marsden et qui m'ont empêché de faire un mariage désastreux!

Torilla tourna la tête vers lui et le regarda avec étonnement. Aussi lui expliqua-t-il :

– J'espère que vous aviez deviné que j'avais quitté Londres immédiatement après avoir été sauvé in extremis, soit par le destin, soit par les prières de maman, pour la reconduire chez elle.

– Je ne savais pas... non... je n'ai pas pensé à cela, murmura Torilla d'une toute petite voix tremblante.

– Mais qu'aviez-vous donc imaginé, ma chérie? demanda-t-il d'un air très surpris.

Torilla hésitait à répondre. Elle finit par dire d'un ton hésitant :

– J'ai cru... j'ai cru que vous ne vouliez plus de moi... voilà...

– Eh bien! Je vais vous montrer tout de suite, moi, à quel point j'ai besoin de vous et vous veux à moi! Nous allons nous marier cette nuit même, Torilla, mon amour!

Elle lui jeta un regard complètement déconcerté, tandis qu'il reprenait :

– Mon précieux petit cœur, vous devez bien comprendre qu'il nous faut entourer notre mariage du plus grand secret; et nous montrer très prudents pendant quelque temps, après ce qui s'est passé... Car je veux absolument éviter que se répandent de méchants propos à votre égard!

Mais Torilla ne pensait qu'à une seule chose; et elle lui demanda d'un ton encore incrédule :

– Mais... allons-nous réellement pouvoir nous marier dès ce soir?

Malgré cette question, ses yeux brillaient de joie et d'espoir et le marquis l'avertit en riant, après avoir remarqué l'expression de son regard :

– Attention, Torilla! Si vous continuez à me regarder de cette manière, je vais perdre la tête et je serai incapable de tenir mes chevaux. Nous aurons un accident, je vous préviens!

Elle se serra tout contre lui avec un rire joyeux et frotta sa joue contre le bras du marquis, en disant d'une voix caressante :

– Alors, c'est bien vrai... je peux vous épouser dès maintenant?

– Toutes les dispositions sont déjà prises, affirma-t-il. Nous serons mariés dans la chapelle privée du château par mon chapelain. Et ma mère sera notre unique témoin! Personne ne saura que nous nous sommes mariés pendant plusieurs mois!

– Mais c'est merveilleux! s'exclama Torilla enthousiasmée.

Le marquis la regarda. Et, à la lueur qui brillait au fond de son regard, elle comprit qu'il se réjouissait, comme elle, à la perspective de cette vie secrète et cachée qu'ils allaient mener ensemble.

Ils accomplirent la fin du voyage en silence, savourant leur bonheur. Puis le marquis fit ralentir l'allure des chevaux et les immobilisa en pleine campagne. Torilla aperçut le château à peu de distance, sur leur gauche, au delà d'une rivière qui serpentait, à demi caché parmi la verdure de grands arbres.

Elle s'était attendue à une grande bâtisse rébarbative et très imposante. Il lui parut vraiment immense et plus majestueux qu'elle ne l'avait imaginé. Ses pierres grises luisaient comme de l'argent sous les rayons du soleil et l'étendard du marquis flottait fièrement au sommet de la plus haute tour.

Il regarda Torilla sans parler, guettant ses réactions sur son visage. Au bout d'un long moment, elle déclara d'une petite voix pleine d'humilité :

– Vous savez... je ne serai jamais une brillante femme du monde.

– Vraiment?

– Oh! non : je ne serai jamais assez spirituelle, ni assez sophistiquée...

– Vraiment? répéta-t-il un peu moqueur.

Elle se sentit soudain profondément troublée, incertaine, et le regarda avec désespoir :

– Je n'ai rien d'autre que mon amour à vous donner!

Alors, il passa les rênes dans sa main gauche et l'enlaça de son bras libre.

– Croyez-vous que je vous demande autre chose? lui dit-il d'une voix grave et passionnée.

Il posa ses lèvres sur celles de Torilla et la jeune fille comprit, sous l'ardeur de son baiser, qu'il disait vrai.

Il fouetta ses chevaux et les enleva à une allure vertigineuse qui prouvait l'impatience qu'il avait d'arriver chez lui.

Leur premier soin fut d'aller directement chez sa mère qui habitait une maison tout au fond du parc.

Les valets surgirent de tous côtés et s'empressèrent de tenir la bride des chevaux, pendant que le marquis aidait Torilla à descendre du phaéton. Puis il l'entraîna à l'intérieur de la demeure.

Torilla se sentait pleine d'appréhension à l'idée de se trouver en présence de la douairière. Les pires suppositions tourbillonnaient dans sa tête : si la mère du marquis ne la trouvait pas assez bien pour son fils ? Si elle avait projeté une autre union pour lui ? Qu'allait-elle devenir sous le regard de la vieille dame ?

La marquis ouvrit la porte devant elle. Torilla aperçut une femme aux cheveux grisonnants, assise devant une haute porte-fenêtre dans la lumière du soleil. Et, immédiatement, elle découvrit sur le visage de la vieille dame quelque chose qui lui rappela le visage de sa propre mère.

C'était la même expression de douceur sur ses traits, la même bonté dans son regard, le même sourire accueillant.

La douairière contempla tendrement son fils qui lui annonça avec fierté :

– J'ai amené Torilla pour vous la présenter, maman.

– J'attendais cet instant avec impatience, mon chéri, s'écria-t-elle. Puis elle tendit les bras à Torilla.

Torilla et son mari se promenaient main dans la main, à travers les parterres fleuris qui embaumaient l'atmosphère et enchantaient les regards.

Le soleil était haut dans le ciel, il faisait chaud et, quand le marquis l'entraîna sous le couvert des arbres du parc, Torilla trouva l'ombre délicieuse. Ils prirent un étroit sentier qui serpentait entre les troncs argentés des bouleaux et avait l'air de les mener au pays des fées.

Peu à peu, le sous-bois devint plus épais et plus mystérieux, les rayons du soleil ne traversaient plus les feuillages que de place en place, marquant le sol de petites plages dorées. Torilla demanda soudain :

– Où m'emmenez-vous, mon chéri?

Sa voix était si douce que chacune de ses paroles faisait à son mari l'effet d'une caresse. Il lui répondit :

– Dans un endroit très spécial, là où mes parents allaient se reposer à l'époque de leur lune de miel.

C'était un petit pavillon charmant. La douairière en avait fait cadeau à son fils et à Torilla à l'occasion de leur mariage. Elle expliqua gentiment à sa belle-fille :

– Nous avons passé notre lune de miel entre ces murs, mon mari et moi, et y avons été si heureux que le père de Gallen l'a acheté aux amis qui nous l'avaient prêté. Cela fut toujours, pour nous, une sorte de refuge privilégié où nous allions quand nous avions envie d'être seuls..., raconta-t-elle de sa jolie voix aux inflexions musicales.

Elle se tut quelques instants, plongée dans son passé avec un regard plein de rêve, puis :

– Chaque fois que le père de Gallen avait des choses importantes à régler, s'il était fatigué ou avait besoin de discuter et de réfléchir tranquillement avec moi, nous allions passer un moment là ensemble... C'est un endroit où nous avons beaucoup parlé de nous-mêmes, de notre amour, et qui restera toujours pour moi très cher : voilà pourquoi je tenais à vous le donner maintenant!

En arrivant devant ce pavillon, Torilla comprit

aussitôt qu'il compterait autant pour eux et représenterait la même chose que pour les parents de son mari.

C'était une maisonnette ancienne construite en petites briques rouges patinées par le temps. Tout autour, un jardin, véritable paradis embaumé par les fleurs et un refuge idéal pour des amoureux.

Ils passèrent au château la première nuit après la célébration de leur mariage. Ensuite, ils partirent en voyage de noces dans le phaéton, attelé des fameux alezans que le marquis aimait particulièrement.

C'était leur lune de miel. Ils se sentaient merveilleusement en accord et heureux d'être seuls. Chaque soir Torilla pensait qu'il était impossible d'être plus aimée qu'elle ne l'était; et pourtant, en se réveillant le matin, elle se disait qu'il l'aimait encore plus que la veille.

Et, ce jour-là, en se promenant avec le marquis dans les bois, Torilla lui trouva un tel air de bonheur qu'il n'était même pas nécessaire de lui demander s'il était heureux ou non. La transformation du marquis, depuis qu'il était devenu son époux, était surprenante. Jamais elle n'aurait pensé que quelqu'un pût changer à ce point : mais il n'en paraissait que plus séduisant et plus beau.

Brusquement apparut devant eux un vaste étang au milieu d'une clairière. L'eau, qui reflétait les feuillages des arbres, était d'un vert émeraude profond. Sur la surface immobile, de magnifiques nénuphars aux pétales rose pâle tranchaient avec le vert des feuilles. Et tout autour, sur le rivage, s'épanouissaient des fleurs couleur d'or.

Ils se dirigèrent vers une sorte de tonnelle, couverte de roses et de chèvrefeuille : Torilla fut toute surprise de trouver là un large banc garni de coussins moelleux et elle s'exclama avec enthousiasme :

– Quel endroit frais et agréable pour s'abriter du soleil et des grosses chaleurs!

Puis elle s'assit sur ce banc profond et large : une vraie couche sur laquelle elle pouvait s'étendre de tout son long!

Le marquis s'empressa de retirer sa veste ajustée et la jeta négligemment sur le sol. Puis il guetta au bord de l'eau les poissons qui se glissaient entre les plantes aquatiques et disparaissaient sous les larges feuilles des nénuphars.

Il n'avait sur lui qu'une fine chemise de linon blanc et Torilla admira sa forte musculature, sa silhouette admirablement bien bâtie, aux hanches étroites moulées dans le pantalon à la mode.

– Je ne connais qu'un homme aussi beau et aussi séduisant, et c'est mon mari... il est à moi... à moi! murmura-t-elle tout bas pour elle-même.

Elle eut l'impression qu'il avait deviné ses pensées, car il se retourna juste à ce moment-là et, après l'avoir contemplée tendrement, revint s'asseoir auprès d'elle sur les coussins.

– A quoi pensiez-vous? demanda-t-il.

– Je ne vous le dirai pas, car je ne veux pas vous rendre vaniteux, Gallen! dit Torilla en riant.

– Je suis déjà très fier et très vaniteux d'être aimé de vous : je suis fou d'orgueil!

– Ce ne sont pas mes paroles qui vous rendraient vaniteux, mais ma pensée... Je vous aime de tout mon cœur, de toute mon âme. Je vous appartiens tout entière!

– Ma chère, si chère petite épouse! dit le marquis d'une voix tendre et bouleversée, en prenant la main de Torilla pour y déposer un baiser.

Tout était paisible et silencieux autour d'eux. On entendait seulement le bourdonnement des abeilles qui butinaient les fleurs. Et Torilla s'écria d'une voix extasiée :

– Je ne connais pas d'endroit plus ravissant! C'est un lieu rêvé, parfait!

– Comme vous, ma chérie. Vous êtes parfaite en tout et je vous vénère! Jamais je n'avais rencontré une femme telle que vous! Vous êtes la meilleure personne au monde.

– Voulez-vous bien ne pas dire une chose pareille! protesta Torilla. Ce n'est pas vrai! Vous savez bien que j'ai eu beaucoup de mal à obéir à ma conscience et à faire mon devoir. J'avais si peur de céder à la tentation quand vous m'avez demandé de m'enfuir avec vous! Il me semblait que l'existence sans vous me serait impossible...

– Vous avez cependant refusé! fit-il observer.

Mais Torilla se souvint d'avoir déchiré une lettre qu'elle avait commencé à lui écrire, la nuit qui avait précédé le mariage manqué de Beryl. Et elle avoua :

– J'avais bien du mal à résister à la tentation de vous céder. J'ai même failli revenir sur ma décision.

– Mais vous ne l'avez pas fait et vous n'en avez que plus de mérite, ma chérie! Et c'est parce que vous êtes vertueuse que vous avez eu la force de ne pas faiblir!

– Oui... Mais n'était-ce pas déjà un péché que d'en avoir tellement envie? dit-elle d'un ton de regret.

– Comme moi... Et, cependant, si vous teniez à faire ce que vous dictait votre conscience, à vous sacrifier, c'est justement parce que vous avez une grande âme et que vous êtes incapable de mal agir, Torilla!

Elle soupira de bonheur:

– Quelle chance nous avons eue! Nous avons été si favorisés par le sort, mon cher et merveilleux époux, que nous devrons toujours faire notre possible pour aider les autres à trouver le bonheur comme nous!

Après un bref silence, elle lui demanda:

– Car vous êtes heureux, Gallen, dites-moi?

– Petite folle! Est-il besoin de répondre?

Il s'appuya sur son coude pour se tourner vers elle et la regarder de très près. Son regard plongea au fond du sien.

Et Torilla finit par lui demander:

– Pourquoi me regardez-vous ainsi?

– Je cherche... j'essaie de découvrir en quoi vous vous différenciez de toutes les femmes que j'ai connues avant vous... Vous êtes d'une stupéfiante beauté, ma chérie! Mais vous êtes quelque chose de plus, de mieux... Il y a autre chose que la beauté physique en vous.

Il avança la main et suivit, de son doigt, les lignes de son visage ovale en murmurant, tout pensif:

– Petite tête raisonnable et sage.

Puis il dessina du doigt l'arc de ses sourcils en disant:

– Ce sont des ailes d'oiseaux qui apportent un

message réservé à ceux qui ont des oreilles pour l'entendre...

– Quel message? questionna Torilla.

– De sympathie. Et vous apportez aussi l'espérance, bien sûr!

– L'espérance! C'est ce que j'avais pourtant cru avoir perdu pour toujours, quand j'entrai dans l'église avec Beryl le jour de son mariage. Quelle journée! J'ai souffert un calvaire! Je me maudissais, me disant que tout était ma faute et que j'étais puni pour tous les péchés que j'avais commis...

– Quels péchés? demanda-t-elle d'un ton incrédule.

– Vous ne le saurez jamais, ma chérie! C'est le passé. Désormais, je veux être un modèle de vertu, pour devenir exactement tel que vous souhaitez que je sois!

– Je vous adore tel que vous êtes! se récria Torilla.

Mais le marquis ressassait ses mauvais souvenirs :

– Comment aurais-je pu deviner, ce matin-là, en me rendant à l'église comme un condamné à mort allant vers le poteau, que Rodney Marsden et les prières de ma mère allaient nous sauver quelques heures plus tard?

– Il ne faut plus y penser! déclara Torilla. Il m'arrive, parfois, la nuit, quand je me réveille dans vos bras, de m'effrayer en pensant que je suis peut-être en train de faire un rêve merveilleux et que je me réveillerai plus tard à Barrowfields dans l'odeur du charbon et dans la fumée.

– Allons : tout cela est bien terminé! affirma le marquis avec fermeté. Nous avons maintenant des milliers de choses à faire ensemble, mon trésor. J'ai décidé de faire l'inspection générale de tous les domaines et de toutes les exploitations dont je suis le propriétaire, pour m'assurer que personne ne souffre ou n'est misérable sur mes terres. Je ne veux plus risquer de laisser commettre des crimes dans mon dos par négligence!

– Nous le ferons, vous avez raison! Ensuite nous reviendrons vivre tranquillement ici, seuls tous les deux, n'est-ce pas?

Le marquis sourit tendrement à cette question :

– La maison de l'amour nous attendra ma chérie! Et nous y reviendrons toujours pour y apprendre à être plus heureux chaque jour que la veille! Chaque jour, auprès de vous, je découvre et j'apprends de nouvelles choses, toujours plus belles, sur l'amour!

– Et vous me les apprendrez à moi aussi? demanda-t-elle.

– Certainement!

Elle prit une voix timide et hésitante pour demander :

– Est-ce que vous ne me trouvez pas bien... ignorante?

– Puis-je vous souhaiter autre? s'insurgea le marquis d'un ton féroce. C'est votre pureté et votre innocence, Torilla, que j'avais cherchées pendant des années et que je désirais ardemment trouver un jour chez mon épouse!

– Je redoutais qu'un homme aussi... extraordinaire que vous, un homme qui a fait tant de choses... me trouve ennuyeuse, soupira-t-elle.

– Dites-vous bien, Torilla, que je vous aime : vous faites partie de moi-même, comme je fais partie de vous! Nous ne sommes plus qu'un seul et même être, et pour toujours!

– Oh! Gallen! dit-elle, comblée.

Le marquis la regarda avec une expression d'indicible tendresse. Il lui caressa encore le visage et lui demanda :

– Aimez-vous mes caresses, mon amour?

– Oh! oui! dit-elle en rougissant un peu.

– Et moi, devinez-vous quel effet elles me font? demanda-t-il encore de sa voix chaude.

Et, comme il voyait que Torilla frissonnait de bonheur, il la serra contre lui et posa ses lèvres sur les siennes. Et ils renoncèrent, pour ce jour-là, à penser à autre chose qu'à leur immense amour.

Barbara Cartland

Sa réputation n'est plus à faire. Les Editions J'ai Lu ont publié une centaine de ses romans.

Demandez à votre libraire le catalogue semestriel gratuit.

Des fleurs pour mon amour (1133★★★)
Derrière la grâce de Lokita se cache un incroyable secret.
Les beaux messieurs de Pétrina (1134★★)
Scandaleuse, incorrigible, exaspérante, telle est Pétrina.
Samantha des années folles (1144★★)
Celui qu'elle aime est parti avec une autre.
Comtesse Natacha (1145★★)
Elle doit se vendre pour sauver son frère.
La splendeur de Ventura (1155★★)
Sous cette adolescent en haillons, qui reconnaîtrait la jolie Ventura?
Le bonheur commence à l'aube (1156★★)
Un échange d'identité place Xénia dans une situation impossible.
Le valet de cœur (1166★★★)
Ravella court vers ce qu'elle croit être son bonheur.
Mon beau capitaine (1167★★)
Renoncera-t-elle au couvent par amour?
Seras-tu lady, Gardénia? (1177★★★)
L'homme qu'elle aime veut l'entretenir, non l'épouser.
Fiancés sans amour (1178★★★)
Pour échapper à un mariage forcé, Alyne devra-t-elle se suicider?
L'enchantement du désert (1188★★)
Peut-on impunément enlever et séquestrer une jeune fille?
La première étreinte (1189★★)
Saura-t-elle rester pure dans le demi-monde?
Printemps à Rome (1203★★)
Il n'est pas facile d'être l'infirmière de sir Marcus.
Que notre bonheur dure ((1204★★)
Elle doit se marier à la place de sa demi-sœur.
L'épouse apprivoisée (1214★★)
Le soir de ses noces, elle tente de se noyer.
La belle et le léopard (1215★★)
Pour Wivina, "l'abominable léopard" sera-t-il un sauveur ou un bourreau?
Pour l'amour de Lucinda (1227★★)
Elle épouse par supercherie le fiancé de sa sœur.
Les larmes de l'amour (1228★★)
Canuela aime celui qui a ruiné son père.
Le cavalier masqué (1238★★)
Lorsqu'elle rencontre l'amour, elle a épousé un autre homme.
La nymphe de Montmartre (1239★★)
L'ingénue est prise pour une courtisane.
Le baiser du diable (1250★★★)
Elle tombe aux mains du bandit El Diablo.
Les détours de l'amour (1251★★)
Il la quitte au lieu de lui dire son amour.
Pas d'ombre sur notre amour (1262★★)
Promise au vicomte de Cottesford, elle aime un peintre impressionniste.
Le prince et le pékinois (1263★★)
Le prince Xenos adore Angelina, mais il doit épouser une princesse.
Je t'ai cherchée toute ma vie (1273★★)
Un double secret sépare Nérita de l'homme qu'elle aime.
Le secret de mon bien-aimé (1274★★★)
Une jeune Anglaise passionnée dans l'épopée révolutionnaire de Bolivar.
Le mystère de la bruyère bleue (1285★★★)
Que faire de cette jeune fille installée dans le château dont Ian vient d'hériter?
Pour vivre avec Axel (1286★★)
Axel sauvera-t-il la jolie Vernita du lit de l'empereur?
La prison d'amour (1296★★)
Elle l'aime depuis l'âge de neuf ans, refusera-t-il de l'épouser?
Les amours au paradis (1297★★)
A Bali, un amour exotique et irréel se mêle aux intrigues du gouverneur.

Le maître de Singapour (1309★★)
Défigurée, que peut attendre Dorinda de ce voyage à Singapour?
La course aux maris (1310★★)
Laissée sans fortune, Adrina doit sauver ses jeunes sœurs de la misère.
La revanche de lord Ravenscar (1321★★)
Par dépit, il épouse la fille la plus laide de Londres.
Un baiser de Paris (1322★★★)
Qu'arrivera-t-il si l'homme qu'elle aime découvre sa double vie?
L'imprévisible destin de Christine (1334★★★)
Actrice déjà oubliée, Christine croit sa vie finie: elle ne fait que commencer.
L'air de Copenhague (1335★★★)
Elita veut rencontrer l'homme qui ne l'aimera pas pour sa fortune.
Il ne nous reste que l'amour (1347★★)
Pandora a cru trouver refuge auprès de son cousin, libertin entouré de cocottes et d'actrices.
L'amour fou de Zivana (1348★★)
Dans la Chine de 1900, au cours de la révolte des Boxers, l'aventure inouïe de la jolie Zivana.
L'amour joue et gagne (1360★★)
Au bord de la ruine, il ne lui reste qu'une chance: trouver un riche mari pour sa pupille Christina.
La fleur de Cornouailles (1361★★)
Pour élever ses neveux, Tamara doit demander l'aide d'un homme qu'elle hait.
Une couronne pour un cœur (1372★★★)
Comment refuser d'épouser un prince, même s'il n'a rien d'un prince charmant?
Renaître à l'amour (1373★★★)
Anne a épousé le timide lord Melton mais elle n'a rien appris de l'amour.
Les deux cousines (1384★★★)
L'homme qu'elle aime est aussi celui qu'elle hait le plus au monde.
Vanessa retrouvée (1385★★)
Une nuit, dans une auberge, une inconnue se réfugie dans la chambre d'un jeune homme.

Les romans préférés de Barbara Cartland (inédits)

Le Cheik (1135★★)
par E.M. Hull
Prisonnière dans le désert, Diane doit céder à son ravisseur.
Candide Evangéline (1157★★)
par E. Glyn
Naïve et pure, elle se rêve femme fatale.
La lune au trésor (1179★★)
par J. Farnol
Il est des nuits magiques où tout devient possible.
Mystérieuse Alathéa (1205★★)
par E. Glyn
Qui se cache derrière le masque figé d'Alathéa?
Le fils du Cheik (1216★★)
par E.M. Hull
Il est brutal, mais si beau!
Ardente Amaryllis (1240★★)
par E. Glyn
Peut-on trouver le bonheur auprès d'un homme diminué?
Farouche Tamara (1264★★)
par E. Glyn
Une pudique Anglaise, face à un fougueux Cosaque.
La proie de l'aigle (1287★★)
par E.M. Dell
Muriel est contrainte à la fuite dans le désert avec un homme brutal et violent.
L'apprenti gentleman (1311★★)
par J. Farnol
Comment réunir les gens qui s'aiment, sauver les jeunes filles en détresse et découvrir l'amour?
Ramazan le rajah (1336★★)
par Vere Lockwood
Une jeune Anglaise est enlevée par un séduisant prince hindou.
Le valet de carreau (1362★★)
par E.M. Dell
L'affrontement passionné de deux êtres que la vie avait tout d'abord séparés.
Sauvage Kamala (1386★★)
par E. Glyn
Après une grave maladie, Kamala oublie tout de l'homme qu'elle vient d'épouser.

Editions J'ai Lu, 31, rue de Tournon, 75006 Paris

diffusion
France et étranger : Flammarion, Paris
Suisse : Office du Livre, Fribourg
diffusion exclusive
Canada : Éditions Flammarion Ltée, Montréal

Achevé d'imprimer sur les presses de l'imprimerie Brodard et Taupin
7, Bd Romain-Rolland, Montrouge. Usine de La Flèche,
le 10 novembre 1982
1652-5 Dépôt Légal novembre 1982. ISBN : 2 - 277 - 21384 - 5
Imprimé en France